新 潮 文 庫

ア レ ス

—天命探偵 Next Gear—

神 永 学 著

新 潮 社 版

10823

目次

アレス

――天命探偵 Next Gear――

第一章　FALL

一

そこは、バーと思しき場所だった——。

ビルの高層階に位置していて、間口の大きく開いた窓からは、夜景が一望できた。

黒をベースとした店内は、間接照明で彩られ、シックで落ち着きのある雰囲気に満ちている。

隅では、ピアノの生演奏が行われている。

客席は、ほとんど埋っていたが、雑然とした様子はなかった。みな一様に、ゆっくりと流れる時間を楽しんでいるようだった。

窓際にある席に、二人の男が座り、グラスを傾けていた。

一人は、安物のグレイのスーツを着た、五十代前半くらいの男だ。

白髪の交じった髪を、整髪料でベッタリと固めている。度の強い黒縁のメガネをかけていて、いかにも冴えない顔立ちをしている。

もう一人は、黒いレザージャケットを着た男だ。

年齢は四十代くらいだろう。ブロンドの髪に、青い目をしていて彫りが深い。欧米系と思われる男だ。

二人は顔を寄せ合うようにして、何ごとかを語り合っている。

そこに、ウェイトレスの女がやって来た。

男たちが同時に口を閉じる。

ウェイトレスは、伝票を二人のテーブルにそっと置くと、そのまま立ち去った。

しばらくして、二人の男は小さく頷き合う。

レザージャケットの男は、足許のジュラルミンケースを手に取ると、ゆっくりと立ち上がる。

そのまま出口に向かおうとした次の瞬間――男の身体が大きく仰け反った。

彼は胸に手を当てながら、床の上に跪いた。その手が、血で真っ赤に染まっていた。

男の顔が、痛みと恐怖に歪む。

這いつくばるようにして逃げようとした男だったが、何歩も進まぬうちに、額に風穴が空いた。

男は、前のめりに倒れたまま動かなくなった。

突然の惨状に、あちこちで悲鳴があがり、店内が一気に騒然となる。

グレイのスーツの男は、慌てて立ち上がると、何ごとかを叫びながら、その場から逃げだそうとした。

だが、出口に辿り着くことはできなかった。

男の頭部が血飛沫とともに弾けた。

そのまま男は、近くのテーブルを薙ぎ払うようにしながら倒れた――。

止めどなく流れる血が、絨毯に染みを作った。


映像はそこまでだった――。

「また厄介ね」

公香は、モニターを凝視したまま、ため息混じりに呟いた。

薄暗いモニタリングルームの中だ。八畳ほどの広さに、大小様々な機器が並び、大量の熱を放出しているせいで、圧迫感と息苦しさに満ちていた。

今、映し出された映像は、一見すると映画のワンシーンのようでもあるが、実際はそうではない。

クロノスシステムによって、これから起こる人の死を予見したものだ。

その的中率は１００パーセント。このまま放っておけば、必ず映像通りのことが起こり、人が死ぬ――。

公香は今までの経験から、そのことを痛いほどに知っていた。

「そうですね」

コントロールパネルを操作していた東雲塔子（しののめとうこ）が、わずかに震えた声で言った。

元々、線の細い印象のある塔子だが、映し出された光景に恐怖しているのか、より一層頼りなく見えた。

公香にも、恐怖はある。ただ、それを必死に押し隠しているに過ぎない。

さっきの映像から察するに、男たちは銃撃されたと思われる。だが、誰がどこから撃ったのかが、映像を見ただけでは判断できない。

この映像だけで、犯人を割り出し、近い未来に殺される被害者を救うのは至難の業だが、それでもやらなければならない。

クロノスシステムによって予知された、死の運命にある人を救うことが、公香たちの所属する〈警察庁警備局公安課次世代犯罪情報室〉の任務だからだ。

もちろん、任務であると同時に、死の運命にある人を救いたいという純粋な思いもある。しかし何より公香を突き動かしているのは、別の感情だった。

公香は、ガラス窓の向こうにある部屋に目を向けた。

薄暗いモニタリングルームとは異なり、白い壁に囲まれた無機質な空間――。

その中央には、三メートルほどの高さの、コクーンと呼ばれる装置が設置されている。名が示す通り、白い外殻の繭のような形状をしている。

コクーンこそが、人の死を予知するクロノスシステムの中枢だ。その中に入っているのは、テクノロジーではない。

「まあ、四の五の言っても仕方ないわね。私たちのできることをやりましょう」

公香は、自らの迷いを断ち切るように言うと、塔子が「そうですね——」と応じる。

「山縣さんは、今は唐沢さんのところだったわね」

「はい」

「真田と黒野は？」

「今朝、黒野さんが連れ出していました」

塔子の表情が曇った。その気持ちは分かる。

あの二人がいるところにトラブルありだ。お互いのことを嫌いらしく、顔を合わせればすぐにケンカをするクセに、何だかんだと一緒にいるから厄介だ。

まあ、原因の九割は黒野にある。今回も、その黒野が連れ出したとなると、嫌な予感しかしない。

「何しに行ったの？」

「何でも、トレーニングだとか」

「トレーニングねぇ……」

公香は、思わずため息を漏らした。

――いったい、何のトレーニングをするつもりなのよ？

「トラブルを起こしていなければいいんですけど……」

塔子が、いかにも心配そうに目を伏せた。

こういう表情をするときの塔子は、実年齢よりもはるかに幼く見える。恋する乙女の表情だ。

塔子が、真田に想いを寄せていることは知っている。本人が、そうだと口にしたわけではないが、見ていれば分かる。

しかし、彼女の想いが報われることはないだろう。

「分かった。とにかく、塔子さんは真田と黒野に連絡を取ってみて。私は、山縣さんに連絡をして合流するわ」

公香は早口に言って部屋を出ようとしたが、ドアノブを摑んだところで足を止めた。

再び、引き寄せられるように窓の向こうにある部屋に目がいく。

――私たちは、本当にこれで良かったの？

コクーンを見る度に、公香はその疑問に行き当たる。

あの中に入っているのは、機械ではなく、かつて公香たちの仲間であった少女、中西志乃だ――。

志乃には、以前から夢の中で他人の死を予知する不思議な能力があった。

公香たちは、ある事件をきっかけに志乃に出会い、彼女が予知した運命を変えるために奔走して来た。

そしてあの日――志乃は公香の目の前で頭部に銃弾を受け、昏睡状態に陥り、一年以上経った今に至るも目を覚まさない。

コクーンは、眠り続ける志乃の生命維持を司る装置であると同時に、彼女が見た夢を、脳情報デコーディング技術を使い、可視化する装置なのだ。

公香たちは、志乃の治療費の捻出と、彼女が目覚めるための治療を継続することを条件に、警察庁と特殊な業務委託契約を結び、次世代犯罪情報室の一員となり、クロノスシステムによって予知される、死の運命にある人を救うという任務をこなしている。

いつかは、志乃が目を覚ますと信じてのことだ。

だが、信じているはずなのに、その決心が揺らぐことがある。自分たちの選択は、本当に正しかったのか——と何度も問いかけてしまう。

その答えは出ない。それでも今は前に進むしかない。

公香は迷いを振り払うように、モニタリングルームを出た。

二

真田省吾(しょうご)は、バイクを走らせていた——。

ＨＯＮＤＡのＣＢＲ２５０だ。レーサーレプリカのスタンダードともいえる車体で、排気量は少なく、パワーと加速に難ありだが、ハンドリングは抜群だ。

街乗りをするなら、これくらいの方が使い勝手がいい。

〈次の交差点を左折だ〉

イヤホンマイクから、声がした。タンデムシートに乗っている黒野武人(たけと)だ。

前回の事件を契機に真田たちのチームに編入された新顔だ。

頭脳明晰(めいせき)で、黒野の分析力は、真田たちのチームにとって必要不可欠なものになりつつあるが、何せ性格に問題がある。

「何処(どこ)に行くつもりだ？」

今は、黒野の指示で六本木通りを麻布(あざぶ)方面に進んでいる。トレーニングをする――と連れ出されたのだが、真田は具体的な内容も、正確な目的地も報(しら)されていない。

〈行けば分かる〉

黒野は素知らぬ態度だ。

いくら追及したところで、どうせ黒野のことだから、のらりくらりとかわしてしまうに決まっている。

真田は諦(あきら)めて、指定された交差点を左折する。しばらく進んだところで〈ストップ〉と黒野が声をかけた。古びた雑居ビルの前だった。

「ここでトレーニング?」

真田は、バイクを降りながら訊(たず)ねた。

見たところ、雑居ビルに入っているのは、クラブやバーといった飲食系の店ばかりのようだ。

「このバイクって、乗り心地最悪だね」

黒野が文句を言いながら、タンデムシートからぴょんっと飛び降りた。

「嫌なら、タンデムに乗るんじゃねぇよ」

ＣＢＲに限らず、レーサーレプリカのバイクは、タンデムの乗り心地なんて最初から考慮していない。快適さを求めるなら、そもそもタンデムに乗る方が間違っている。

「つれないね」

ヘルメットを脱いだ黒野は、ヘラヘラと笑みを浮かべた。

小柄で、一見すると頼り無さそうに見えるが、シルバーフレームの奥にある目は少しも笑っていない。

前回の事件で、黒野の過去について色々と知ったつもりでいたが、それでも得体の知れない部分が多い。

「それより、トレーニングって何をするつもりなんだ？」

「せっかちだな。まあ、楽しみにしていてよ」

黒野は、おどけた調子で言うと、着ている黒いスーツの身なりを整え、雑居ビルの地下へと通じる階段をスタスタと降りて行ってしまった。

地下は店舗になっているようだが、看板などは出ていない。

――何があるんだ？

真田は困惑しながらも、黒野のあとについて薄暗い階段を降りて行く。突き当たりに、鉄製の扉があった。扉の脇（わき）には、電子カードリーダーが設置してある。

黒野は、ポケットから一枚のカードを取り出すと、リーダーに翳（かざ）した。

ピッと電子音がしたあと、ロックが解除される音がした。

「さて、行きますか」

シルバーフレームのメガネを指先でずり上げてから、扉を開けて中に入って行った。

真田も、あとに続いて中に入る。

テーブル席が三つに、十人ほどが座れるバーカウンター。お洒落(しゃれ)な雰囲気のバーだった。

——この臭(にお)いは何だ？

真田は、店内に漂う甘ったるい独特の臭いに、顔をしかめた。

「ここは？」

真田が訊ねると、黒野がニヤリと笑った。

「見て分からない？　会員制のバーだよ」

「会員制のバー？」

まさか、酒でも呑(の)もうというのだろうか？　黒野と酒を酌(く)み交わすなど、はっきり言ってご免だ。それに、バイクで来ているのだから、そもそも酒など呑めない。

黒野も、その程度のことは分かっているはずだ。

「お前は……」

色々と訊ねようとしたのだが、それを遮るように、奥の部屋から一人の男が現われた。

白いシャツに、紺のスラックスとベストを合わせている。バーテンダーそのままといった恰好をした男だった。

年齢は三十代半ばくらいか、もっと若いかもしれない。接客業のクセに、やけに目つきが悪い。

はだけた胸元から、タトゥーが覗いている。

「失礼ですが、お客様。こちらは会員制のバーで御座います」

男の言葉遣いは丁寧だが、その口調には、明らかに刺があった。

「知ってるよ」

黒野は、おどけるような調子で言うと、さっきのカードを男に放り投げた。

「これは……」

「この店の会員カード。入口の電子ロックも兼ねてる」

「どこで、これを……」

男が、怪訝な顔で言う。

「光浦って知ってるでしょ。芸能プロダクションの社長。そいつからもらったんだ」

黒野の言葉に男の顔が、みるみる強張(こわば)って行く。

「もらった?」

「あっ! 正確にはくすねたって感じかな」

「どういう意味です?」

「ここって、会員制のバーとは名ばかりで、麻薬を売ってるでしょ。だから、こらしめてやろうと思ってね」

黒野が、ヘラヘラとした調子で言った。

この段階になって、真田にもようやく黒野が何をしようとしているのか理解できた。

——まったく。とんでもない野郎だ。

「やれるもんなら、やってみろ! 小僧が!」

男の口調が、一気に変わった。

それが合図であったかのように、奥の部屋から、二人の男が出て来た。

二人ともアフリカ系で、一人はスキンヘッド。もう一人はドレッドヘア。揃(そろ)って真田より一回り身体(からだ)が大きく、服の上からでも分かるほど、鍛え上げられていた。

この店の用心棒——といったところだろう。

「じゃあ、トレーニング頑張ってね」

黒野はポンポンと真田の肩を叩くと、そのままテーブル席の椅子に腰かけた。

──冗談じゃない。何がトレーニングだ。

挑発するだけしておいて、あとは知らん顔などされては堪ったものではない。

「ふざけんな！　おれは……」

黒野に食ってかかろうとしたが、それより先に、スキンヘッドの男が丸太のような太い腕で殴りかかって来た。

真田は、反射的にバックステップを踏み、パンチをかわした。

いかにも重そうなパンチだ。あんなものをまともに喰らったら、立っていることもままならないだろう。

──黒野に文句を言っている場合ではなさそうだ。

真田は、気持ちを切り替えて、スキンヘッドの男と向き合った。

三

山縣は、黒いスーツの男に案内されて、都内にあるマンションの一室に通された。

外観は普通のマンションではあるが、二十畳近くある広いリビングルームは、殺風景で生活感がまるでない。

　それも当然のことだ。この部屋は、表向きは某企業の社長の所有物になっているが、実際の持ち主は警察庁の公安課。

　外部に知られたくない秘密の会合や、警護が必要な人物を匿（かくま）ったりするのに使っているセーフハウスだ。

「座ってくれ――」

　ソファーに深く腰かけた男が、山縣に声をかけた。
唐沢秀嗣（ひでつぐ）。警察庁警備局公安課のトップを務める男だ。山縣が所属する次世代犯罪情報室を創設した人物でもある。

　穏和な笑みを浮かべてはいるが、警察庁において切れ者と畏（おそ）れられるだけあって、一分の隙（すき）もない。

「今日は、何の件でしょうか？」

　山縣は訊ねながら、唐沢の向かいに腰を下ろした。

「黒野はどうだ？」

唐沢は、鋭い眼光で山縣を見据えながら、静かに口を開いた。

山縣もそれなりに経験を積んで来たが、唐沢の前に出ると、どうも緊張してしまう。

「それなりにやっていますよ」

山縣は苦笑いとともに答えた。

黒野武人は、前回の事件の際、唐沢が山縣たちのチームに配属した人物だ。抜群の頭脳を誇り、分析能力は他の追随を許さないほどだ。

戦力としては申し分ないのだが、人格に少々問題がある。本人は、そのつもりはないのかもしれないが、他人を蔑む発言が多い。

そのせいで、ことある毎に、周囲とぶつかってはトラブルを起こす。

特に真田との相性は最悪で、まさに水と油。だが、その二人の化学反応が思わぬ結果をもたらすのも事実だ。

「苦労しているようだな」

「元々曲者揃いですから……」

山縣は、チームのメンバーを思い浮かべて小さく笑った。

「だが、前回の事件で、初めて結果が伴った――」

唐沢が満足そうに言った。

「そうですね」

「私は、〈次世代犯罪情報室〉の意義が、提示できたと考えている」

クロノスシステムによって予知された死の運命を阻止する――それが、山縣たちの所属する、次世代犯罪情報室の任務だ。

もちろん、そんな与太話を信じる者は少ない。故に、その存在は秘匿されている。警察の中でも、ほんの一握りの人間しか知らない。

表向きには、存在しない部署なのだ。

山縣たちも、正式な警察官ではなく、特殊な委託契約を結んでいるに過ぎない。

――他に選択肢はなかったのか？

山縣は、未だにその答えを見出せないでいる。もっと別の方法があったのではないかと、常に考えてしまう。

そう思うのは、単純にこの任務が危険を伴うからだ。

志乃には目覚めて欲しい。だが、その代わりに真田や公香たちが命を失うようなことになっては、死んでも死にきれない。

「それが本題ですか？」

小さくため息を吐き、答えの出ない考えを断ち切ってから、山縣は改めて訊ねた。

ただ近況を訊ねるためだけに、唐沢がわざわざ面会を求めたとは考え難い。しかも、セーフハウスで顔を突き合わせているのだ。

「前回の事件を覚えているか？」

唐沢は、表情を崩すことなく訊ね返して来た。

「ええ」

山縣は小さく頷く。

アメリカ大使を誘拐するという、前代未聞の事件だった。次世代犯罪情報室が、初めて成果を上げた事件でもある。忘れようはずもない。

「あの事件に関連して、妙な噂を耳にした――」

唐沢が、切れ長の目に力を込めた。

そのわずかな表情の変化だけで、一気に緊張が高まったようだった。

「噂――ですか？」

唐沢ほどの人物だ。ただの噂話を聞かせるために、わざわざ山縣を呼んだわけではないだろう。

噂という表現を使ってはいるが、ある程度は裏の取れている話に違いない。

「あの事件に、関与していた別のグループの存在を察知した」

「別のグループ――ですか？」

「懐疑的のようだな」

唐沢が小さく笑った。

さすがの洞察力だ。唐沢の前では、頭の奥まで見透かされているような気がしてしまう。

「彼らの行動は、私怨によるものでした。計画の段階で、接触した別の組織はあるでしょうが、積極的な協力をした組織があるとは考え難いです」

山縣が口にすると、唐沢は満足そうに頷いた。

「私も、最初はそう考えた。だが、それにしては、彼らの行動は、あまりに綿密かつ迅速だった」

「確かに――」

その部分については、山縣も解せないところがあるのは事実だ。

あの事件の実行犯は、国に捨てられた北朝鮮の工作員たちだった。つまり援助を断ち切られ、見放されていた組織なのだ。

そういった組織にしては、唐沢の言うように、準備が整っていた。現に、白昼堂々とアメリカ大使を誘拐してみせたのだ。だが――。

「もし、そうだったとして、いったいどこの組織ですか？」

「君はどう思う？」

唐沢に聞き返された。

この男は、いつもこうだ。常に、目の前にいる相手を試すような話し方をする。

「考えられるのは中国——ですか？」

アメリカ大使を拉致して、何らかの利益を得るとなると、そこくらいしか思いつかなかった。

「自信がなさそうだな」

唐沢がふっと息を吐いた。

やはり、山縣の考えはすっかり読まれているらしい。

「ええ。彼らの計画が成功していた場合、北朝鮮とアメリカが一戦交える可能性もありました。そうなった場合、必ずしも中国の利益になるとは考え難いです」

「私も同感だよ。中国は、牽制こそしているものの、実際にアメリカとやり合うつもりはない。まして、わざわざアメリカが北朝鮮を攻撃するための大義名分を与えるとは、到底思えない」

「では、いったいどこの組織が関与しているんですか？」

山縣が訊ねると、唐沢は僅かに頰を強張らせた。

「はっきりしたことは分かっていない。だが、私は日本国内の組織だと思っている」

「国内？」

あまりに想定外な言葉に、最初は冗談かと思った。しかし唐沢は表情を一切崩していない。そもそも、こういった局面で、冗談を言うようなタイプではない。

とはいえ、納得はできなかった。現在の日本で、国際情勢にかかわるような事件に、積極的に関与するような組織は存在しない。

しかし、唐沢が何の根拠もなく、こんなことを口にするはずがない。

「国内——とは、どういうことですか？」

「私も、まだ詳しくは分からない。だが、前回の事件は、アメリカ大使の詳細なスケジュールを把握していなければ、実行に移すことはできなかった」

「その情報が、内部から漏れた——と？」

「私は、そう考えている」

唐沢は大きく頷いてみせた。

アメリカ大使の来日スケジュールは、トップシークレットだった。どこからか、それが漏れたのは間違いない。だが——。

「アメリカ側とは、考えられませんか？」

自分の手を汚さず、国内の重要人物を暗殺するという手法は、いかにもアメリカらしい。

「今回の事案において、アメリカ側のメリットは、何一つない」

「大使を暗殺したいという勢力が、あったかもしれません」

「キャサリン大使は、血筋は優秀だが、実績はゼロに等しい。そんな人物を、現段階で殺したいと思う勢力があるとは、思えない」

唐沢は、毅然と言い放つ。

「確かにそうかもしれませんが……」

納得できたわけではない。

唐沢の話は、あまりに突飛過ぎるのだ。おそらく彼は、まだ何かを隠している。山縣は、そう感じた。

「何にせよ、この日本で何かを起こそうとしている組織がある――ということだけは事実だ」

鋭い眼光を向けながら、唐沢が言った。

この態度からして、唐沢は、その組織に心当たりがあるのだろう。そして、それは、クロノスシステムに関係している。

そうでなければ、わざわざ山縣を呼び出して、こんな話をしたりはしない。

質問をぶつけようとしたところで、携帯電話に着信があった。公香からだった。

彼女は、今山縣が面談中だということを知っている。それでも尚、連絡をして来たということは、火急の用件があるのは明らかだ。

頭に浮かぶ事態は、一つしかない。

唐沢も瞬時に事情を察したらしく、目線で「出ろ」と合図をしてから席を立った。

釈然としない思いを抱えながらも、山縣は電話に出る。

〈志乃ちゃんが、夢を見たわ――〉

その一言で充分だった。

山縣は「分かった」と応じ、合流ポイントを打ち合わせてから電話を切った。

「クロノスシステムだな――」

唐沢が眉間に皺を寄せた。

「はい」

「くれぐれも注意して欲しい。今回の一件も、おそらくは……」

唐沢は、そこで言葉を切った。

色々と問い質したい気持ちもあったが、今はそれより優先することがある。

山縣は黙礼してから、急いで部屋を出た――。

四

「どうした。来るなら来いよ」

真田は、目の前に立つスキンヘッドの男を挑発した。

こういう大男に、自分から仕掛けていくのは無謀というものだ。相手に、先に手を出させて、それをかわしていくのがセオリーだ。

だが、スキンヘッドの男は、見かけとは対照的に冷静だ。ならば——。

「やる気がないなら、帰らせてもらうぜ」

真田は、スキンヘッドの男に背中を向け、敢(あ)えて隙を見せる。

スキンヘッドの男は、すかさず突進しながらハンマーのような拳(こぶし)を突き出して来た。

真田は、素速く振り返り、身体(からだ)を振ってパンチをかわすと、カウンターの右の拳を、顎先(あごさき)に叩き込んだ。

スキンヘッドの巨体が、ぐらりとよろめく。

追撃をくわえようとしたが、その前にスキンヘッドの男は体勢を立て直して、真田にタックルをしてきた。

真田は、かわす間もなく床の上に倒されてしまった。

スキンヘッドの男は、倒れている真田に馬乗りになり、左右の鉄槌（てっつい）を落としてくる。

両手でガードを固めたが、スキンヘッドの男は、見かけによらず器用に腕の隙間を狙（ねら）って来る。

強烈な打撃を何発かもらい、意識が朦朧（もうろう）とする。

「腕を取って、関節を狙え――」

唐突に聞こえて来た声に、身体が咄嗟（とっさ）に反応した。

振り下ろされたスキンヘッドの男の右腕を摑（つか）み、足を絡（から）ませて腕十字の体勢に持っていく。

「やればできるじゃない」

黒野が、相変わらず椅子（いす）に座ったまま、楽しそうに手を叩いていた。

おそらく、さっきの助言も黒野だったのだろう。

この段階になって、真田はようやく黒野の言うトレーニングの意味を知った。

この店は、黒野が指摘した通り、実際に麻薬の売買をしているのだろう。そのことをちらつかせて相手を挑発してケンカを売ることで、ボディーガードの二人を引っ張り出した。

確かに、これほど実戦に近いトレーニングはない。いや、これはただの実戦だ。

――本当にふざけた野郎だ！

何にしても、こいつを倒さないと、生きてこの店から出ることはできない。

真田がスキンヘッドの男の腕を折ろうとしたとき、胸に強烈な痛みが走り、腕を離してしまった。

――しまった。もう一人いた。

ドレッドヘアの男が、真田の胸を踏みつけたのだ。

真田は、床を転がるようにして距離を置く。胸を押さえながら、よろよろと立ち上がり、改めて二人の男と対峙する。

「君は、バカだな」

黒野がせせら笑う。

「何？」

「相手が複数いるのに、のんびり関節なんて極めてるから、そういう目に遭うんだ」

「ふざけんな！　関節を狙えって言ったのは、お前だろ！」

「あくまで、脱出の手段だよ。体勢が変わった段階で、距離を取るべきだ。君の悪いところは、目の前の闘いに集中し過ぎて、周りが見えなくなることだ」

黒野は、偉そうに足を組みながら高説を垂れる。

「うるせぇ！」

言ってはみたものの、黒野の指摘が的を射ているのも事実だ。

集中すると、周囲が見えなくなってしまうのは真田の悪いクセだ。素手の相手だから良かったようなものの、相手が武器を持っていたら、死んでいたかもしれない。

「ほら、よそ見をしない」

黒野の忠告通り、ドレッドヘアの男が、左右のパンチを振るってくる。

真田は、素速く相手の左側に回り込み、ボディーにパンチを連打する。

だが、相当に鍛えているらしく、まるでタイヤを殴っているような感触だった。ドレッドヘアの男も、ほとんどダメージがないらしく、すぐに右のミドルキックを放って来た。

腕でガードしたものの、衝撃で吹き飛ばされ、壁に背中を叩きつけられた。

真田は、思わず片膝（かたひざ）を落とす。

――マズイ。

これだけ体格差があると、さすがに堪（こた）える。しかも、相手は二人だ。

スキンヘッドと、ドレッドヘアがにじり寄って来る。

「言っておくけど、ここはリングの上じゃない」

　黒野が、ヘラヘラと笑みを浮かべている。

「そんなことは、分かってるよ」

「だったら、ボディー狙うなんて、愚の骨頂だよ」

「だから、分かってるよ！」

　――いちいちうるさい野郎だ。まるでセコンド気取りだ。

「いいや。分かってないね。リングじゃないんだから、正攻法でやり合う必要はないんだ。周りを見てごらん。使える物がたくさんあるだろ。言ってる意味は分かる？」

　――なるほど。

　確かに、黒野の言う通りだ。

　今までクリーンに闘い過ぎていたのかもしれない。ここには、観客もレフェリーもいない。ルール無用の実戦だ。

　真田は立ち上がりながら、手近にあった椅子を持ち上げ、それでドレッドヘアの男の顔面を殴りつけた。

　堪らず跪いたところで、自慢のドレッドヘアを掴み、振り回すようにして、その顔面を壁に叩きつけた。

ドレッドヘアの男は、白目を剝いて床に大の字になる。

「次！」

真田が言うなり、スキンヘッドの男が、ナイフを抜いた。

構えから、かなり使い慣れているのが分かる。

「正面から突っ込んだら死ぬよ」

黒野が、嘲るように言った。

今までだったら、間違いなくそうしていただろう。だが、今回のトレーニングで、少しばかり知恵をつけた。

真田は、逃げるようにカウンターの前まで移動する。

スキンヘッドの男が、ナイフを突き出そうとしたまさにそのとき、真田は、カウンターに置いてあったボトルを投げつけた。

ボトルは、スキンヘッドの男の頭に命中して砕け散った。

スキンヘッドの男が、よたよたと後退る。

真田はその隙を逃さずカウンターの上に飛び乗ると、大きく跳躍しながら、全体重を乗せた右のパンチをお見舞いした。

スキンヘッドの男は、ふらつきながらも、堪えている。しつこい野郎だ——真田は、スキンヘッドの首根っこを捕まえると、力一杯カウンターに叩きつけた。

スキンヘッドは、額から血を流しながら、ドサリと床に倒れた。

「そこまでだ！　お前ら、何者だ！」

怒りに満ちた声がした。

見ると最初に応対に出た男が、拳銃を持って立っていた。

——しまった。

黒野に、周囲が見えなくなると指摘されたばかりだったのに、この男の存在を忘れていた。

「ひとの店で好き放題暴れて、ただで済むと思うなよ！」

男は興奮していて、今にも引き金を引きそうだ。男までの距離は五メートルとない。

突進すれば、間違いなく撃ち殺される。

「そんな物騒なもの仕舞いなよ」

この緊迫した状況に、場違いなくらい緩い黒野の声がした。

黒野は、ヘラヘラと笑みを浮かべながら、銃を構えている男の目の前に立つ。

——どうするつもりだ？

真田が考えている間に、黒野は素速い動きで男から拳銃を取上げると、それをバラバラに分解してしまった。

男は、あまりのことに呆気に取られ、あんぐりと口を開けたまま立ち尽くしている。

「お前、今のどうやったんだ？」

真田が訊ねると、黒野はウィンクしてみせる。

「教えてあげてもいいけど、その前に、塔子さんから呼び出しがあったよ」

「東雲から？」

「用件は何だった？」

真田の中に嫌な感覚が広がる。

「もう分かってるだろ。君の眠り姫が、夢を見たんだよ——」

黒野の放った言葉が、真田の心に暗い影を落とした。

五

公香は、山縣と合流するために、ハイエースを走らせていた——。

後部座席と積荷スペースを改良して、無線機を始めとした必要機材を詰め込んである。〈次世代犯罪情報室〉の移動指揮所を兼ねた車だ。

新宿中央公園まで来たところで、歩道に立っている山縣の姿を見つけた。よれよれのスーツに、無精ひげを生やし、猫背気味のその姿を見ると、うだつの上がらないサラリーマンのように見える。だが、それは見せ掛けに過ぎない。

山縣は、かつて鬼と畏れられた刑事でもある。

公香が車を路肩に寄せて停車させると、慌てた様子で山縣が助手席に乗り込んで来た。

「それで映像は？」

山縣が訊ねて来る。

「そこのタブレットで見られるわよ」

公香は、ダッシュボードの上を指差した。山縣は、すぐさまタブレット端末を手に取り、映像を確認する。

眠そうだった目が、みるみる鋭くなっていく。

山縣のこうした変化をみると、どちらが本当の彼なのか、分からなくなることがある。おそらくは両方なのだろう。

だからこそ、彼を慕い、同時に頼りにもする。

「厄介だな……」

それが、映像を見終えた山縣の第一声だった。

「同感よ。この映像だけじゃ、どこから撃たれているのか、まったく分からない」

ため息混じりに公香が応じた。

クロノスシステムは、志乃の夢を可視化したものだ。どういう構図で、どの目線でその光景を見るかをこちらでコントロールすることができない。

今の映像だと、撃たれた瞬間、ターゲットの男に映像がクローズアップしていて、どこから撃たれたか判別できない。

犯人の位置が特定できないまま、下手に現場に乗り込むのは、危険極まりない行為だ。

「そうだな」

「ねぇ、遠距離からの狙撃(そげき)ってことはない?」

ターゲットの近くに、犯人らしき姿は見当たらない。

公香としては、かなり可能性が高いと踏んだのだが、山縣の反応は芳(かんば)しくなかった。

「おそらく、それはない——」

「どうして?」

「夜間に遠距離から狙撃するのは、相当に困難だ」

「でも、前にそういう事件があったでしょ？」

「あれは、部屋に灯りがあったからできたことだ。店の中がこれだけ暗いと、ミラー効果もあって、外からではほとんど見えない」

山縣が、タブレット端末に映し出されている映像を、トントンと指で叩いた。

言われてみればその通りだ。間接照明をメインにしている店の中では、狙撃するのに充分な光量を得ることができない。

「じゃあ、犯人は店の中にいるってこと？」

「分からない。まずは、この場所がどこかと、殺されるのが誰か——を特定するのが先決だな」

「そうね」

「真田と黒野は？」

山縣が、眉を寄せながら訊ねて来た。

「塔子さんが連絡を取っているはずよ……」

公香の言葉を遮るように、電話に着信があった。真田からだった。

「もしもし。今、どこにいるの？」

公香は、車に設置されたナビゲーションパネルを操作して電話に出た。これで、山縣も会話の内容を把握できるはずだ。

〈六本木のバーだ〉

車のスピーカーから真田の声が聞こえて来た。

「は？　何でバーなの？　黒野とトレーニングじゃなかったの？」

〈だから、バーでトレーニングをしてたんだよ〉

「バーでトレーニングって、ナンパの練習でもしてたわけ？」

〈そんなわけねぇだろ〉

普段は無鉄砲の代名詞のような真田だが、恋愛に関しては超がつくほど真面目(まじめ)だ。ナンパという言葉が、これほど似つかわしくない男もいない。

「そうね。あんたがナンパしたところで、誰も寄って来ないわね」

〈うるせぇ！　そんなことより、黒野が場所を特定したぜ〉

「え？　もう？」

公香は、驚きを隠せなかった。

クロノスシステムが、志乃の夢を映像化すると同時に黒野のタブレット端末に転送される仕組みになっているとはいっても、まだ三十分も経過していない。

黒野の並外れた分析能力の為せる業だ。

「場所はどこだ？」

山縣が、怪訝な表情を浮かべながらも訊ねる。

〈ちょっと待ってくれ。黒野と替わる〉

しばらく間があってから〈どうも――〉と、黒野の声が聞こえて来た。

相変わらず緊張感がなく、ヘラヘラとした声だが、それは表面上のものに過ぎない。

黒野の笑みの奥には、得体の知れない恐ろしさが潜んでいる。

「で、どこなの？」

公香が促すと、黒野が声を上げて笑った。

〈本当に分からないの？〉

「分からないから訊いてるんでしょ？」

〈知性がないと、せっかくの美人も形無しだね〉

黒野はいちいち腹の立つもの言いをする。だが、今は怒っている場合ではない。

「いいから、教えなさい！」

〈ビルの最上階のバーだよ〉

「そんなことは、分かってるわよ。私は、その所在地を訊いてるの」

〈品川駅の近くにある、ロイヤルハートホテル〉

「どうして分かったの？」

〈どうしてもこうしてもないよ。見れば分かるでしょ。映画のロケで使われたこともあるから、有名だよ。それに、コースターに名前が入ってるでしょ〉

黒野の説明を聞きながら、山縣がタブレットをフリックして、コースターが映っている部分を拡大する。確かに、ホテルの名前が確認できた。

言い方は気に入らないが、わずかな時間で、ここまで解析してしまう黒野の洞察力に舌を巻く。

〈ぼくたちは、すぐに現場に急行する。公香さんたちも、すぐに向かった方がいい〉

「待て。無計画に飛び込むのは危険だ」

山縣がすかさず口を挟む。

公香も同感だった。どこから狙撃したのか、犯人は何人なのか——何も分からない状態で不用意に動けば、ターゲットを救うことはできない。

下手をすれば、自分たちが命を落とすことにもなり兼ねない。

〈山縣さん。慎重なのはいいけど、急がないと、この人死んじゃうよ〉

黒野がおどけた調子で言う。

「どういうこと？」

公香が訊ねると、ふっと黒野の笑い声がした。

〈犯行が行われるのは今日だ〉

「どうして分かるの？」

〈ピアノの生演奏をやってるだろ。これって、毎日じゃないんだよね。水曜日だけ〉

「水曜日って……」

〈そう。今日だよ。それと、殺された男のブルガリが間違えていなければ、犯行まであと一時間しかない〉

山縣が話を聞きながら、ターゲットの男がしていたブルガリの腕時計を拡大表示させる。時計の針は、七時四十分を指していた。黒野の言う通り、あと一時間しかない。

「プランはあるのか？」

山縣が緊張した面持ちで訊ねる。

〈一応ね。山縣さんと公香さんは、現場のバーに向かって。細かい指示はあとで出すよ〉

公香は、山縣に目を向けた。

山縣は唇を嚙み、苦い顔をしていたが、やがて「分かった——」と呟くように言った。

不確定要素が多いが、残り時間のことを考えたら、今は黒野の指示に従うしかないという判断だろう。

〈じゃあ、またあとで……あっ、公香さん〉

「何？」

〈ここってドレスコードがあるから注意してね。いくら美人でも、みすぼらしい恰好で行ったら、追い返されちゃうよ〉

「どういう意味よ！」

公香が怒りをぶつけたときには、もう通信は切れていた。

——本当に嫌な奴。

黒野が頭脳明晰なのは認めるが、どうも好きになれない。いつも他人を嘲る笑みを浮かべ、いちいち癇に障ることを言ってくる。

いや、彼が抱える問題はもっと根深い。

「信用できるのかしら？」

公香はため息混じりに口にした。

そう思ってしまうのは、普段の振る舞いもあるが、彼の過去に起因するところが大きい。

黒野は、幼い頃から北朝鮮の工作員になるべく、特殊な教育を受けて来た男だ。並外れた分析力の高さは、それ故(ゆえ)なのだ。

本人の意志で工作員になったわけではないが、彼が未(いま)だにスパイである可能性は否定できない。いつ裏切るか知れたものではない。

「今は黒野を信じよう」

言ったのは山縣だった。

「山縣さんにしては、ずいぶんと楽観的なのね。黒野が裏切らないって保証はないでしょ?」

「そうだな。保証はない。だが彼にはもう、居場所がない……」

山縣は、遠くを見るように目を細めた。

単なる願望のように思える言葉だが、そうやって他人を信じようとする山縣だからこそ、公香も今までついて来た。

それに、裏切り者の過去は、何も黒野だけではない。公香も同じだ――。

「分かったわよ。とにかく行きましょう」

公香は、頭に浮かんだ男の顔を振り払い、車をスタートさせた。

六

「あんまり公香を挑発すんじゃねぇよ。あとが面倒だ」

真田は、電話を終えた黒野に向かって言う。

近くにいる真田にも、電話の向こうでキンキン騒ぐ公香の声が聞こえて来た。

「別に挑発なんてしてない。ぼくは事実を言ってるだけだ」

黒野は、何食わぬ顔で言う。

「その事実が、相手を怒らせるって言ってんだよ」

「器が小さいな」

黒野は、両手を広げておどけてみせる。

どこまでも巫山戯(ふざけ)た態度だ。まるで、他人を怒らせることを楽しんでいるかのようでもある。いや、実際楽しんでいるのだろう。

「怒ると分かっていて、挑発すんのも充分に器が小さいと思うぜ」

真田は、半ば呆(あき)れながらもＣＢＲに跨(また)がった。

「あはっ。上手(うま)いこと言うね」

「お前に褒められても嬉しくねぇよ」

「褒める？　冗談は止してくれ。何でぼくが、君のような熱血バカを褒めなきゃいけないんだ？」

本当に頭にくる野郎だ。いちいち怒っていたら胃に穴が空く。

「さっさと行くぞ」

「もちろんそのつもりだよ」

黒野はヘルメットを被り、タンデムシートに収まった。

真田は、バイクのエンジンをかけ、アクセルスロットルを捻ると、タイヤを鳴らしながら一気に加速した。

振り落とすつもりだったが、黒野は平然とタンデムに座っている。

「嫌な野郎だ……」

〈何か言った？〉

イヤホンマイクで、声が聞こえていることを忘れていた。

「何でもねぇよ！」

真田は、路地から六本木通りに入り、品川方面に向かう。夜の時間帯ということもあり、道路は混雑していたが、こういうときは、バイクの機動力がものを言う。

車の間を縫うように走りながら、ぐんぐんスピードを上げる。ここからなら、十五分もあれば現場に到着できるはずだ。

「一つ訊きたいことがある」

目的のビルが見えて来たところで、真田はイヤホンマイクを通じて黒野に呼びかけた。

〈下らないことでなければいいよ〉

一言余計だ――と思いながらも口を開く。

「犯人は、どこからターゲットを狙撃(そげき)したんだ？」

〈答えるつもりはない〉

今の口ぶりからして、分かっているが言いたくないといったところだろう。黒野らしい物言いだが、受容(うけい)れるわけにはいかない。

「いいから答えろ！」

〈嫌だね〉

「何でだ？」

〈下らない質問だからだ〉

「てめぇ！」

真田は、サイドミラー越しに映る黒野に目を向けた。

ヘルメットのシールドに隠れて、黒野がどんな表情を浮かべているのか窺い知ることはできなかった。どうせ、笑っているに違いない。

「分かってるなら教えろ。ターゲットを守るためには、知っておく必要がある。山縣さんや公香も現場に向かってるんだ。何も知らなければ、対処のしようがない」

〈逆だよ〉

「逆？」

〈そう。今回の狙撃は、バーの中にいたところで防げない〉

「だったら、何で山縣さんたちを行かせた？」

〈その先の展開を見越してだよ〉

「あん？　言ってる意味が、さっぱり分からん」

真田は、苛立ちを露わにした。

次世代犯罪情報室は、ただでさえ人数が少ないのだ。情報を隠匿して、チームワークを乱していては、任務を遂行することはできない。

真田がそのことを主張すると、黒野は〈だから逆だって言ってるんだ〉と反論する。

「何が逆なんだ？」

〈前にも言っただろ。バタフライエフェクトの話だよ――〉

その話は、黒野から何度も聞いている。

中国で蝶が羽ばたくと、アメリカで嵐が起こる――つまり、些細な変化が、思いも寄らない結果を招くという意味で、カオス理論の根幹を成している考え方だ。

「それがどうした？」

〈ぼくたちが防ごうとしているのは、クロノスシステムによって予知された、これから起こる犯罪なんだ〉

「そんなことは分かってる！」

真田は、舌打ちしながら言った。

ふと志乃の顔が脳裡を過ぎる。

志乃は昏睡状態に陥る前から、夢で他人の死を予知するという能力があった。真田が、彼女と出会ったのも、彼女が予知した夢がきっかけだった。

それから、幾つもの事件にかかわって来た。

志乃は、他人の死を予知する度に、まるで自分のことのように心を痛めていた。相手が誰であれ、命が奪われるのを見て、放っておけない。そういう女性だった。

今は、コクーンの中で眠り続けているが、いつかは目を覚ます――真田はそう信じている。

だからこそ、次世代犯罪情報室という表向きは存在しない部署に所属し、志乃が予知する人の死を阻止するために命を懸けて奔走しているのだ。

〈いいや。分かっていないね。言っておくけど、彼女が予知する死は、彼女が夢を見ていないことを前提にしたものなんだ〉

「どういうことだ？」

〈シュレディンガーの猫だよ〉

「誰の猫だって？　だいたい、何で猫が出て来るんだ！」

〈君には、本当に知性の欠片もないんだね〉

黒野が、冷やかすように真田のヘルメットをポンポンと叩いた。

「どうせ熱血バカだよ！」

〈分かってるじゃないか〉

「いいから、さっさと説明しろ」

〈単純な話だよ。彼女が見ているのは、予知されないことを前提とした未来だ。つまり、彼女という観測者は存在しない〉

「それで――」

〈彼女が、観測者として存在した瞬間に、厳密には未来は変わっているんだ〉

理屈は分かるが、真田は素直に納得できなかった。

「だけど、今まで予知の通りに人が死んでいる」

〈話を聞いてなかったの？　それは、結果が同じというだけで、その過程も含めて、微妙な変化が生じているんだ〉

「そういうことか――」

確かに、今まで救えなかった場合も、わずかではあるがズレが生じていたのは事実だ。

〈だから変化を、最小限に抑える必要があるんだよ〉

理屈は分かるが、何だかんだと理屈をこねて、うまいこと煙に巻かれたような気がする。

〈そのまま、地下駐車場に入って――〉

目的のビルの近くまで来たところで、黒野が指差しながら指示をする。

色々と言いたいことはあるが、今は後回しだ。

「了解――」

真田は、ビルのスロープを下り、地下駐車場に入ると、二輪車専用のスペースにバイクを停車させた。

黒野は、さっさとバイクを降りると、駐車場の奥にあるエレベーターに向かって歩いて行く。

「お前、本当は何か隠してるんじゃねぇのか?」

真田は、黒野を追いかけ、エレベーターに乗り込んだところで訊(たず)ねた。

黒野は、頭はいいが信頼はおけない。

いや、頭がいいからこそ——かもしれない。

真田たちを、まるでチェスの駒(こま)のように動かしている気がしてならない。いつ捨て駒にされるか分かったものではない。

「嫌だな。少しは相棒を信じて欲しいな——」

黒野は、にいっと笑いながら、エレベーターの最上階のボタンを押した。

ウィンチの巻き上がる音とともに、エレベーターが上昇していく。

「そういうお前は、おれを信じてるのか?」

真田が聞き返すと、黒野は天井を見上げて一瞬、真顔になった。

ぞっとするほど怖い顔だった。

「もちろんじゃないか。だから、ここにいる」

その言葉が、本心から出たものかどうか、もっと別の感情があってのことなのか――今の真田には判断がつかなかった。

やがて、エレベーターは最上階に到着した。

エレベーター脇にある案内板を確認して、現場であるバーに向かおうとした真田だったが、黒野に腕を摑まれた。

「そっちじゃない」

「何でだ？　ターゲットはここにいるんだろ？」

「そうだよ」

「だったら……」

「ぼくたちの任務は何か分かってる？」

そんなことは、いちいち問われるまでもない。

「ターゲットの命を救うことだ」

「それは、目的の一つに過ぎない」

「何だって？」

「ターゲットを守ると同時に、事件の犯人を確保することだ。それができなければ、再び犯行は繰り返される。犯人は、バーの中にはいない」

確かにその通りだ。ここで、ターゲットを連れ出したところで、犯人が誰かを特定できなければ、別の場所で再び命を狙(ねら)われることになる。

延々と続くイタチごっこだ。

「じゃあ、犯人はどこにいる?」

「まあ、ついてきなよ」

黒野は、満面の笑みを浮かべながら言うと、さっさと廊下を歩いて行く。

「質問に答えろ!」

「静かに――」

黒野は、口の前で指を立てると、周囲を見回してから非常階段へと通じるドアを開け、素速く中に身体(からだ)を滑り込ませた。

釈然としない思いを抱えながらも、真田もあとに続く。

「ちゃんと説明しろ!」

「静かにって言ってるだろ」

黒野が睨(にら)んで来た。

納得はできないが、ここであれこれ考えていても仕方ない。真田は黙って黒野のあとに続いて階段を上り始めた。

二フロア分上ったところで、屋上へと続くドアの前に出た。

「君の出番だよ。こういうの得意だろ――」

黒野がおどけた調子で促す。

どうやら、鍵を開けろということらしい。ドアの鍵はピンシリンダータイプが一つだけだ。この程度なら、ピッキングツールを使えば簡単に開けられる。

「この先に、犯人がいるってことか？」

真田は、ピッキングツールを取り出し、ドアノブに挿し込みながら訊ねた。

「正解――」

黒野がニヤリと笑う。

自信満々といった感じだが、真田には分からない。

「何で、屋上にいると分かった？　それに、屋上から下のフロアにいる男を、どうやって狙撃するんだ？」

「行けば分かるよ」

黒野は、指先でシルバーフレームの位置を直した。

あくまで言うつもりはないらしい。訊きたいことは山ほどあるが、ここまで来たら、四の五の言わず、黒野に従うしかなさそうだ。

〈真田、聞こえる?〉

鍵が開いたところで、公香から無線が入った。

「ああ。聞こえてるぜ」

〈もうすぐ現地に到着するわ。どこにいるの?〉

「おれたちは……」

言いかけた真田の口を、黒野が押さえつけた。

「ぼくたちのことはいい。それより公香さんたちは、バーに入ってターゲットの二人を押さえて欲しい」

〈ちょっと待って。あなたたちは、どこにいるの?〉

「とにかく、そういうことだから」

黒野は一方的に告げると、無線を切ってしまった。

「少しは説明しろ」

真田が抗議すると、黒野はにいっと不敵な笑みを浮かべた。

「あとで、たっぷり説明してあげるよ。それより、準備はいい?」

黒野が腰のホルスターから拳銃(けんじゅう)を抜いた。

「お前……その拳銃……」

真田は、思わず声を上げた。

黒野が持っているのは、真田たちが所持しているリボルバーのニューナンブとは違う。USマーク23モデルだ。

ドイツのH&K社が、アメリカの特殊部隊向けに開発したもので、サイレンサーと夜間戦闘用の補助照準器モジュールを取り付けることができる、オートマチック拳銃だ。

「いいでしょ。唐沢さんに、お願いしちゃった」

「ふざけんな。おれたちの任務は、暗殺じゃない」

「そんなことは分かってるよ。守るためにも、武装は必要だよ。君も、拳銃を抜いておいた方がいい」

「分かってるよ」

真田は、ため息を吐きながらも、腰のホルスターからニューナンブを抜いた。

旧式のリボルバーのズシリとした重みを感じた。できれば、拳銃など使いたくはないが、黒野の言うように、力が無ければ反撃に遭うのも事実だ。

真田は、黒野と頷き合ったあと、ゆっくりとドアを開けた。

強い風が吹きつける。

身体を屈めて風を避けながら、視線を前に向ける。

「みぃつけた──」

黒野が、囁くように言った。

真田も同じものを見つけていた。屋上の縁に立つ、黒い人影だ。何かの作業をしているらしかった。

黒野が目で合図を送って来る。真田はそれに頷いて応える。二人同時に左右に分かれた。

大きく回り込み、挟み撃ちにする作戦だ。

真田は、足音を殺して素速く移動すると、変電設備の陰に一度身を隠した。

息を吐いてから、顔を出して覗く。

屋上の縁にいる男は、まだこちらの存在に気付いていないようだ。風が強いことが幸いして、気配と音を消してくれている。

ここからだと、十メートルくらいの距離だ。

視線を走らせると、配水管の陰に身を隠している黒野の姿が見えた。

タイミングを合わせて一気に飛び出せば、ビルの縁にいる人物を押さえることができる。そう思った矢先、無線が入った。

〈真田。聞こえてる？　今、地下駐車場に着いたわ〉

イヤホンマイクにつないでいるので、音は外に漏れていないはずだ。だが、黒い影は何かを察したらしく、動きを止めた。

〈真田！　どうしたの？〉

こちらの状況も知らず、公香がさらに続ける。

――タイミングの悪い。

人影が屈み込み、じっと真田の方を見ている。

――気付かれたか？

こうなったら、一気にやるしかない。真田は、拳銃を構えて変電設備の陰から飛び出した。

それと同時に人影が立ち上がる。

――しまった！

そう思ったときには遅かった。

人影は銃口を真っ直ぐ（まっすぐ）に真田に向けた。遠目からだが、大口径のオートマチック拳銃だ。

男は、何の迷いもなくトリガーを引いた。

黄色い火花とともに、夜の闇を銃声が切り裂いた――。

七

無線から飛び込んで来たのは、真田からの応答ではなく、銃声だった――。

公香は、一気に血の気が引いた。

「真田！　何があったの！」

必死に呼びかける公香の声を、立て続けに鳴り響く銃声がかき消した。

――いったいどうなってるの？

「返事をしなさい！」

〈こっちは大丈夫だから、騒がないで欲しいな〉

応答したのは、真田ではなく黒野だった。

「大丈夫って、本当なの？」

〈キンキン騒がないでよ。とにかく、ターゲットの保護をよろしく〉

無線がブツリと切れた。

「いったい何が起きてるの？」

「分からない。考えるのはあとだ。とにかく行くぞ」

そう言うなり、山縣は車を降りてエレベーターに向かって駆け出した。

公香も、反射的にそのあとに続く。

「黒野は、絶対何かを隠してるわよ」

エレベーターに乗り込んだところで、公香は自らの中にある疑念を口にした。

黒野は、全て分かっていながら、敢えて情報を隠蔽している節がある。頭は切れるが、どうも信用がおけない。

さっき、無線から聞こえた銃声も、黒野が撃ったのではないかとすら思える。

「そうかもしれないが考えるな」

感情を露わにする公香の肩を、山縣が叩いた。

「でも……」

「今は、迷っているときじゃない。気を引き締めろ」

山縣に叱責され、公香は口を閉ざした。

まだ疑念は残っているが、山縣の言うように、気を引き締めなければ、こっちが命を落とすことになりかねない。

「行くぞ」

エレベーターの扉が開くのと同時に、山縣が飛び出して行った。

公香も、山縣の背中を追いかけて走り出す。

エレベーターホールを抜け、バーの入口に立ったところで違和感を覚える。

真田たちの姿が見当たらない。銃声が聞こえたので、相当な騒ぎになっていると思っていたのだが、バーの中はいたって普通だった。

ターゲットの男たちも、志乃が見た夢と変わらぬ状況で、窓際(まどぎわ)の席に座っている。

「どういうこと?」

「分からん。とにかくターゲットを押さえる」

山縣は、そう言うと目で合図を送って来た。

公香は、大きく頷き返すと、先行してターゲットに接近する。

視線を走らせると、大きく回り込み、公香とは反対側からターゲットに接近する山縣の姿が見えた。

さらに接近しようとしたところで声をかけられた。

「すみません。お客さま――」

ウェイトレスの女性だった。

このタイミングで面倒だと思いながらも「何でしょう」と応じる。

「ご予約は頂いていますでしょうか?」

口調は柔らかいが、声に冷たさがあった。

「予約が無いと入れないんですか?」

「生憎、本日は満席でして……」

――嘘だ。

あちこち空いている席はある。黒野が言っていたドレスコードに引っかかったのかと思ったが、それも不自然だ。

とにかく、ここであれこれ言い合いをして騒ぎになれば、ターゲットを押さえることもできなくなる。

公香は、ターゲットから死角になるように、近くにあった観葉植物の陰にするりと移動すると、改めてウェイトレスと向き合った。

「警察です。ご迷惑はおかけしませんので、捜査に……」

言い終わる前に、鳩尾に強烈な痛みが走った。

息が止まり、声を上げることもできずに、思わず跪いた。

顔を上げると、ウェイトレスが、公香を見下ろしていた。その目は、さっきまでとはうって変わり、猛禽類のような獰猛さを持っていた。

──なぜ？

声が出ない公香を残して、女は歩き去って行く。

イヤホンマイクから、山縣の声が飛び込んで来た。

〈公香。どうした？〉

「あの女……」

〈女？〉

事情を説明しようとしたが、それより先にターゲットの男たちが同時に立ち上がった。

「山縣さん。ターゲット……」

〈分かった〉

山縣は短く応じると、二人に歩み寄って行く。

「ちょっと、すみません。お話を……」

山縣が言い終わる前に、レザージャケットの男が、山縣の腕を摑むとその場に投げ飛ばしてしまった。

目にも留まらぬ早業だ。

投げられた山縣は、仰向けに倒れたまま、何が起きたのか分からず、半ば呆然としている。

ターゲットの男たちは、駆け足で店を横切り出入口に向かう。

——逃がさないわよ！

公香は、ふっと大きく息を吐いて立ち上がると、二人のあとを追って駆け出した。

「待ちなさい！」

エレベーターホールの前まで来たところで、二人に追いつき呼びとめた。

レザージャケットの男が、ゆっくりと振り返った。

——ヤバイ！

男の手には、拳銃が握られていた。

公香が身を屈めるのと、銃口が火を噴くのがほぼ同時だった。

発射された弾丸が、公香の背後の壁に穴を空ける。

あちこちで悲鳴が上がった。

レザージャケットの男は、改めて屈んだ公香に照準を合わせると、立て続けに引き金を引いた。

「嘘でしょ！」

公香は、弾丸に追われながら、這(は)いつくばるようにして逃げ出した。

撃ち出された弾丸は、次々と床を穿つ。

何とかかわしたと思ったが、足が絡まり前のめりに倒れてしまった。レザージャケットの男が、冷たい視線を公香に向ける。

――今度こそヤバイ！

八

塔子は、コクーンを支える台座に設置したスイッチを押した――。

油圧式の巨大なアームが滑らかに動き、縦だったコクーンの向きを横に変える。白い外殻がスライドして、その中身が現われる。

「綺麗……」

呟きながらコクーンの中で眠る志乃の顔を、じっと見下ろした――。

長い睫を伏せ、いつ終わるとも分からない眠りについている。

何度見ても、美しいと思う。昏睡状態にありながら、衰えることを知らず、その美しさは、日に日に増しているようにさえ思える。

塔子は、昏睡状態に入る前の志乃を知らない。それでも、彼女がどんな女性だったのかは、真田たちを見ていれば想像がつく。

自分も、志乃のように、純粋で清らかな精神の持ち主だったなら、こんなにも苦しむことはなかった。

指先で、そっと志乃の首筋を撫(な)でる。

ときどき、その細い首を絞めて、殺してしまいたい衝動に駆られる。特に、今のように、任務に出た真田たちを待っているときは、その思いが強くなる。

真田に対する想(おも)いからくる女としての嫉妬(しっと)というものもあるが、それだけではない。

志乃の存在は、塔子にとって逃れられない足枷(あしかせ)なのだ。

志乃が死ねば、自分は今の苦しみから解放されるかもしれない。

しょせんそれは、ただの妄想に過ぎない。志乃を殺せば、自分は新たな重荷を背負うだけなのだ。

だが、それでも――。

塔子の取り留めのない思考を諫(いさ)めるように、志乃の睫が微(かす)かに動いた。

「はっ！」

慌(あわ)てて志乃から手を放し、よたよたと後退(あとじさ)る。

今の塔子の歪(ゆが)んだ思考を察しているのかもしれない。そんな風にさえ思えた。

深呼吸をして気を取り直したところで、コクーンに設置されている赤いランプが明滅を始めた。

志乃が、新たな夢を見たサインだ。

このタイミングで新たな夢を見るということは、真田たちが事件に介入したことで、未来が変化したことを意味する。

だが、喜べる状況ではない。志乃が予知するのは、あくまで人の死――に限られている。

つまり、真田たちが殺される可能性もあるのだ。

塔子は急いでコクーンのある部屋を飛び出すと、廊下を抜けてモニタリングルームに飛び込んだ。

本来自分のいるべき、薄暗く、狭い部屋だ。

素速く端末のキーボードを叩き、日替わりのアクセスコードを入力して、システムにアクセスする。

志乃の頭に取り付けられたヘッドギアは、彼女の脳の電気信号を受信する。

受信された電気信号は、ただちにクロノスシステムに集約、解析された後に、映像に再変換されるのだ。

脳情報を可視化する脳情報デコーディング技術は、理論的に可能とされているが、まだ実用化に至ったという発表はない。

つまり、クロノスシステムは、オーバーテクノロジーともいうべき技術だ。いつ、誰によって設計されたものなのか、塔子も知らない。塔子はシステムを管理しているといっても、やっているのは運用とデータの微調整に過ぎない。

その中身については、ブラックボックスになっているところが多い。

しばらく待っていると、正面のモニターに映像が表示された。

映し出される映像を目にした塔子は、思わず息を呑んだ。

「これは……」

そこには、真田の姿があった。彼だけではない。山縣、公香、そして黒野の姿もあった。

——こんなことが、本当に起きるの？

映像を目にした塔子は、そこで繰り広げられるあまりに想定外な光景に、声を発することすらできなかった。

ただ、ここで呆けてはいられない。早く、この映像のことを伝えなければならない。

そうしないと真田が――。

塔子は、震える手で携帯電話を手に取った。

いくらコールしても、真田はもちろん、山縣も、公香も、黒野も電話には出てくれなかった。

死の運命を知っていることこそが、自分たちにとって唯一のアドバンテージといっていい。

しかし、塔子がそのことを伝えられなければ、彼らは、今見た映像の通りの未来を辿ることになる。

塔子は、絶望にも似た感情に支配され、立っていることができずに崩れ落ちた――。

九

真田は次々と撃ち出される弾丸を逃れ、再び変電設備の陰に身を隠した――。

それと同時に銃声が止んだ。

不用意に追って来ないところをみると、相手は頭に血が上ったチンピラとは訳が違う。

向こうから攻撃して来ないとはいえ、逃げるために身体を晒せばたちまち撃ち殺される。だからといって、このままここに留まっていても同じことだ。

――どうする？

大きく息を吐き、両手で拳銃を握り締める。

じっとりと汗が滲んでいた。

〈君は、アホなのか？　合図も待たずに、いきなり飛び出すなんて、無謀にも程がある〉

黒野から無線が入った。

「うるせぇ。不可抗力だ」

〈不用意に飛び出したら死ぬよ〉

「分かってる。それより、あの野郎は、何であんなところにいたんだ？」

真田が訊ねると、黒野が小さく笑った。

〈まだ分からない？　ヒントはロープだよ〉

黒野の挑発的な物言いを聞き、真田も何が起きているのかを理解した。

犯人は、屋上からロープで降下し、窓の外からターゲットを狙撃しようとしていたのだ。

映像には映っていなかったが、黒野はそれを察知したからこそ、バーの店内ではなく、屋上に足を運んだというわけだ。

「クレイジーだ」

〈同感だよ。次は、同時に行くよ〉

「やれんのか？」

〈冷静に考えなよ。向こうは遮蔽物が何もないんだ。挟み撃ちにすれば、確保は簡単だ〉

確かに黒野の言う通りだ。身を隠す場所がなければ、ただの的に過ぎない。

「了解――」

〈1、2、3――〉

黒野の合図に合わせて、変電設備の陰から一気に飛び出した。

「警察だ！　動くな！」

叫んだものの、真田は呆然とした。

さっきまでいたはずの影が、忽然と姿を消していたのだ。

「どういうことだ？」

真田が口にすると、さすがの黒野も分からないらしく首を傾げる。

人が突然消えるなど、あり得るのだろうか？　しかも、ここは高層ビルの屋上だ。逃げ隠れする場所などない。

疑問を抱えながらも、真田は人影があったビルの縁に向かって歩みを進め、辺りを見回したが、やはり人の姿は見えなかった。

「落ちちゃったのかな？」

歩み寄って来た黒野が、おどけた調子で言った。

真田は、ビルの縁に立ち、身を乗り出して下を覗き込んだ。

――しまった！

すぐそこに、男がいた。

ロープで降下して、自らの身を隠していたのだ。

銃口が真田の額に向けられる。銃声が轟くと同時に、真田は衝撃を受けて、コンクリートの上に倒れ込んだ。

手許から銃が滑り落ちる。

「どうやら、君は本当に死にたいらしいね」

倒れた真田に、黒野が覆い被さっていた。彼に押し倒されたことで、銃撃を免れたらしい。

黒野に助けられるとは、正直意外だった。

「すまない――」

真田が礼を言い終わる前に、黒野が立ち上がった。

目を向けると、さっきの男が、もう屋上に上って来ていた。

黒野が、素速く拳銃を向ける。だが、男はそれよりも速く黒野の手首に手刀を浴びせ、叩(たた)き落としてしまった。

すかさず、自分の持っている拳銃の銃口を、黒野の頭に突きつける。

こうなると、さすがに黒野も動けない。

万事休すだが、黒野の落とした拳銃は、運良く真田の目の前に転がっていた。

「動くな！」

真田は、素速く拳銃を拾って立ち上がり、男に狙(ねら)いを定める。

男が、ゆっくりと真田に顔を向けた。

ごつい軍人風の男を想像していたが、イメージとはかけ離れた容姿の男だった。

年齢は真田と大して変わらない。痩(や)せ形で背が高く、中性的な顔立ちをしていた。

驚くべきことに、この状況であるにもかかわらず、人形のように無表情だった。

切れ長の目には、背筋が凍りつくほどに冷たい光を宿していた。

そして、何より目を惹いたのはその髪だ。生まれつきなのか、風になびく髪は真っ白だった——。

「銃を捨てろ！」

真田は、真っ直ぐに男を睨み付けながら言う。

「早く撃っちゃった方が良さそうだよ」

黒野が、珍しく引き攣った表情で言った。

「何？」

「こいつ、かなりヤバイよ。生かして捕らえようなんて、甘い考えだ」

冷静沈着な黒野の声に、わずかな震えを感じた。

——黒野が畏れている？

それが真田には意外だった。確かに目の前の男は、危険な雰囲気を纏っている。だが、だからといって、殺すわけにはいかない。

いや、そもそも真田に人を殺すことなんてできない。

「いいから銃を置け！」

真田は、再び警告する。

だが、男は相変わらず表情一つ変えない。

「撃て。この男は、人を殺すことなんて、何とも思ってない」

黒野が口を挟む。

「なぜ分かる？」

「理由なんて、何だっていい。分かるんだよ。このままだと、二人とも殺される」

黒野が言い終わるか否かのタイミングで、男が動いた。

素速く身を屈めたかと思うと、一気に真田との距離を詰めて来た。

「くっ！」

反撃しようかと思ったが、それより先に、男のパンチが真田の腹を捉えた。

強烈な衝撃によたよたと後退り、ビルの縁にぶつかった。

体勢を立て直すより早く、男の強烈な蹴りが飛んで来た。

一発は堪えた。だが、二発、三発と立て続けに放たれる蹴りを受け、真田はバランスを崩し、後方に倒れ込んだ。

――ヤバイ！

ここは地上百メートルを超える高層ビルの屋上だ。転落したら、ひとたまりもない。

何とか踏み留まろうとしたものの、男は容赦なかった。

真田の足を摑み、一気に押し上げて、ビルの外に放り出そうとする。

必死にもがいたが、手遅れだった。

真田は、真っ逆さまにビルから転落していった――。

十

投げ飛ばされ、呆然(ぼうぜん)とした山縣だったが、すぐに立ち上がった。

志乃の夢で被害者になる男だという先入観があり、完全に油断していた。あの身のこなしは只者(ただもの)ではない。どこかで、特殊な訓練を積んでいるに違いない。

「どうされましたか？　大丈夫ですか？」

近くの席に座っていた男性客が、心配そうに声をかけて来た。

「大丈夫です。すぐに、警察に連絡を入れて下さい」

山縣が口にすると、男は「へ？」と素っ頓狂(すっとんきょう)な声を上げた。

とはいえ、ここで詳しい説明をしている余裕はない。公香は、男たちのあとを追いかけて行ってしまったのだ。

「とにかく、すぐに警察に連絡を！」

期待はできないが、山縣はもう一度告げてから駆け出した。

廊下に出た山縣は、公香とレザージャケットの男の姿を見つけた。

男は、倒れている公香に照準を定め、今まさに拳銃の引き金を引こうとしているところだった。

「止せ！」

山縣は、一気に駆け出し、飛びつくように男の腕を摑んだ。

銃口が火を噴いたが、間一髪のところで、弾丸は公香を逸れ、床に穴を開けた。

「山縣さん……」

公香は、今にも泣き出しそうな顔だった。

——どうにか間に合った。

ほっとしたのも束の間、男は振り向き様に山縣の顎に肘打ちを叩き込んで来た。

顎にまともに喰らい、山縣は思わず膝を落としたが、男の腕は摑んだままだった。

この手を離せば、すかさず拳銃を撃ってくるに違いない。

男が、山縣に向かってパンチを打ち込もうとしたとき、公香が割って入った。

「あんた、何なのよ！」

男は、状況が不利と察すると、すぐに拳銃から手を離し、バックステップを踏みながら、山縣の顎先を蹴り上げた。

山縣は、強烈な痛みとともに、仰向(あおむ)けに倒れる。

口の中に血の味が広がっていく。

目眩(めまい)がした。視界がぼやけている上に、脳を揺さぶられたせいで、うまく立ち上がることができなかった。

男は、動けない山縣を無視して、公香と向き合った。

公香も、それなりに修羅場を潜(くぐ)ってきている。並の男であれば、易々(やすやす)と討ち倒すだけの力を持っている。

だが、そんな公香が、まるで子ども扱いだった。

放たれるパンチとキックを、ことごとく受け流しつつ、公香の喉元(のどもと)に手刀を入れる。

息が詰まり、跪(ひざまず)いた公香の頭を押さえ付けると、容赦無く膝蹴りを入れた。

血を流しながら、公香が崩れ落ちる。

その光景を目にして、山縣の中で怒りが一気に膨れ上がった。

「ぐう……」

唸(うな)り声を上げながら、軋(きし)む身体(からだ)に鞭打(むちう)って立ち上がると、男に向かって銃を構えた。

目が霞(かす)んでいて、照準が怪しいが、殺す必要はない。この状況を打破できればそれでいい。

「動くな！」

山縣が声を上げると、男がくるりと振り返った。

その顔からは、何の感情も窺(うかが)えなかった。

この状況において、これだけ冷静でいられるのは、並の神経ではない。元々感情が薄いのか、あるいは特殊な訓練を受けているのか――。

「両手を挙げて、背中を向けろ」

山縣が告げると、男は意外にも素直に両手を挙げてみせた。

観念したのだろう――そう思おうとしたが、胸の奥でもやもやと嫌な感覚が広がった。そして、その予感めいた感覚は的中した。

掲げた男の手には、手榴弾(しゅりゅうだん)が握られていた。

しかも、ピンが外されている。

もし、ここで山縣が男を撃てば、彼の握っている発火レバーが外れ、手榴弾が爆発してしまう。

ただの脅しでないことは、男の目を見れば明らかだった。

額を汗が伝う――。

この男が何者かは知らないが、自分たちは、とんでもない化け物を相手にしてしまったのかもしれない。

山縣が躊躇っている間に、男が素速い蹴りを繰り出す。その足は、正確に銃を持っている山縣の手を捉えた。

山縣の手から拳銃が弾き飛ばされる。

慌てて拾い上げようとしたが、それより男の動きの方が速かった。

男に銃口を向けられ、山縣は立ち尽くすしかなかった。

十一

黒野は、無我夢中で滑り落ちるロープを摑んだ――。

摩擦と重みで、手の皮が剝がれ、焼けるような痛みが走ったが、どうにか落下を止めることができた。

このロープの先には、真田がぶら下がっている。

「無事か?」

〈ああ。マジで死ぬかと思った……〉

無線を通じて、真田の声が返って来た。

「死んでも良かったんだよ」

〈バカ言え！　とにかく、引き揚げてくれ！〉

「残念だけど、それができない状況なんだよね……」

　白髪の男は、真田をビルから蹴り落としたとき、彼の足にロープを巻き付けた。なぜ、そんなことをしたのか――答えは明白だ。

　黒野の予想通り、後頭部に銃口が突きつけられた。

　反撃に転じたいところだが、手を離せば、真田は真っ逆さまに転落する。白髪の男は、敢えて真田の足にロープを巻き付けることで、黒野の動きを封じたのだ。

「殺すなら、殺せば」

　黒野は、笑みを浮かべながら言った。

　白髪の男が何者かは知らないが、自分たちは彼とのゲームに負けたのだ。

　ここで黒野が撃たれれば、どのみち真田は死ぬ。

　手を離し、真田を見捨てて反撃をすることも考えたが、おそらく無駄だろう。これほどのことをやってのける男だ。到底、太刀打ちはできない。

　いや、それだけではない。この手を離すことは、死ぬのと同義だ。ようやく手に入れた自分の居場所を手放すようなものだ。

「君は、笑い男だな――」

白髪の男が言った。

初めて彼の声を聞いた。想像していたものより、ずっと柔らかい声だった。

笑い男――とは、黒野が北朝鮮の工作員として活動させられていた頃についたコードネームだ。

その呼び名を知っているということは、プロフェッショナル。しかも、かなり情報に精通した人物であることは間違いない。

とはいえ、ここでそれを素直に認めるつもりはない。

「何のことかな？」

黒野は、笑みを浮かべながら答えた。

「否定しても無駄だ。君の資料は、目を通している」

「へぇ。ぼくって、意外と有名人なんだ」

「君が思っている以上に、君のことは多くの人に知られている」

男の声には、一片の曇りも迷いもない。まるで、機械と話しているような感覚に陥る。

「知らなかったよ」

「君が、北朝鮮を裏切ったことまでは知っている。ここで何をしているのか、答えてもらおう」

白髪の男が、黒野を足止めした理由は、確実に仕留めるためではなかったらしい。黒野の顔を見て、その正体を知り、情報を引き出そうとしているようだ。

もし、そうだとすると、活路が見出せるかもしれない。

「本当に、資料に目を通したの？」

「どういう意味だ？」

「ぼくは、裏切ったんじゃない。強制的に工作員にされたんだ。最初から、奴らには何の忠義もなかった――」

「今は、あるのか？」

「それは、どこに対しての話？」

「それを訊いている。君は、今、どこの組織に所属し、なぜ、暗殺計画を知り、どうやってここに来たのか？」

白髪の男からしてみれば、黒野たちがどうやって暗殺計画を察知したのかは気になるところだろう。

情報が漏れているのだとしたら、その原因を突き止めておく必要がある。

〈黒野……手を離せ〉

真田の声がした。

無線をつないだままだった。真田も、今までの会話を聞いていたのだろう。

「それは無理かな……」

黒野は囁くように言った。

〈バカ！　死ぬぞ！〉

「さあ、答えてもらおう。君たちのバックにいるのは誰だ？　どうやって、この計画を知った？」

白髪の男が言った。

さっきまでと口調は一切変わっていない。それ故に、恐ろしさがある。

この手のタイプの男は、決して感情的にならない。この場に留まるリスクも、充分に承知している。

したがって、黒野に与えられた時間の猶予も、はっきりとしている。

情報を引き出せないと判断すれば、即座に黒野を撃ち殺し、この場を立ち去るだろう。

〈黒野。おれが合図をしたら、手を離せ――〉

真田の力のこもった声が聞こえて来た。

どうやら、ただのハッタリやヒューマニズムから出た言葉ではないらしい。何か策があるのだろう。

ならば、真田の準備が整うまで、時間稼ぎをする必要がある。

「OK。ぼくがいるのは、警備局所属の次世代犯罪情報室だ。知らない名でしょ。できたばかりなんだ」

「唐沢の管轄(かんかつ)だな――」

白髪の男が、あっさり応じた。

ここで官僚の名前がすらりと出るということは、警察の情報にも精通しているらしい。

「よく知ってるね。でも、なぜここが分かったかって質問に対しては、答えるのが難しいんだ」

「時間稼ぎは無意味だ」

白髪の男の言葉を聞き、黒野はげんなりした。

こうも易々と見抜かれると、心底嫌になる。計算高く、洞察力に優れ、理知的な男だ。そういう奴は、間違いなく黒野との相性が悪い。

「分かったよ。クロノスシステムで感知したんだ」

「なるほど――」

白髪の男の反応は、意外なものだった。クロノスシステムのことまで知っていると
は、黒野にとって想定外だった。

問い質そうとしたが、急にロープを引っ張る強い力が加わった。

手が滑る。慌てて、ロープを強く握り直した。それが、何度も繰り返される。

それと同時に、闇夜に複数の銃声が木霊した――。

ここに来て、黒野にも真田が何をしようとしているのか理解できた。

〈今だ！　離せ！〉

真田の声がする。

「君は、本当に規格外だよ」

黒野は言うのと同時にロープを離し、振り返り様に右足の踝に仕込んでおいた小型
拳銃、デリンジャーを抜いた。

だが、そこにはもう白髪の男の姿は無かった――。

十二

「バカ！　死ぬぞ！」

真田は叫んだ。

地上百メートルを超える高さから、逆さまにぶら下げられている。

足に巻き付いたロープで、辛うじて宙吊(ちゅうづ)りになっている状態だ。そして、そのロープを屋上で必死に摑(つか)み、支えているのは黒野だ。

黒野は感情ではなく、思考で動くタイプだ。どんな状況でも、冷静に分析して、感情を切り捨てて、最善の方法を選択する。

——そんな黒野がなぜ？

疑問はあったが、今はそれを考えているときではない。このままでは、二人とも確実に死ぬ。

「何とかしねぇとな……」

無線から聞こえて来る状況からして、黒野は、真田につながるロープを摑んでいるせいで、身動きが取れない状態だ。

それこそが、白髪の男が真田を突き落としておきながら、足にロープを巻き付けておいた理由だろう。

黒野の動きを封じておいて、情報を引き出そうという算段だ。

とてつもなく冷酷で、サディスティックな男だ。身のこなしも、頭の切れも、尋常ではない。

近くに摑まる物や、足場になる場所はない。

窓ガラスの向こうのバーから、何ごとかと人が群がって来た。

外に人がぶら下がっているのだ。好奇の視線が集中するのは当然だ。とはいえ、この状況で助けを求めたところで、どうにもならない。

高層階のため、窓は嵌め殺しで、助け入れてもらうことはできない。

——何か方法はないか？

考えを巡らせた真田に、一つの閃きがあった。かなり危険な方法だが、このままここにぶら下がっているよりはマシだ。

「黒野。おれが合図をしたら、手を離せ——」

真田はそう告げると、拳銃を腰のホルスターに挿し、両手で力一杯窓ガラスを押した。

振り子のように、身体がガラスから離れ、再び戻って来る。

タイミングを合わせて、もう一度、窓ガラスを押す。

さっきより、大きく身体が振れる。

――もう一度。

三度目にして、充分な距離が取れた。

真田は、すかさず拳銃を抜き、窓に向かって乱射する。

銃弾が貫通したものの、割れるまでには至らなかった。だが、それでいい。

「今だ！　離せ！」

叫ぶのと同時に、真田の身体は窓ガラスを突き破り、バーの中に転がり込んだ。

悲鳴が上がったが、それに構っている余裕はなかった。

すぐに黒野の援護に行かなければ――。

真田は素速く立ち上がり、ガラスの破片もそのままに、一気に駆け出した。

集まっていた人を強引に押し退け、バーを飛び出し、廊下に出たところで思わぬものを目にした。

「なっ！」

廊下の先に、背中を向けて立っている山縣の姿が見えた。その足許では、公香が蹲っている。

そして、山縣の前には、一人の男が立っていた。

ターゲットとなった男の一人だ。彼は、どういうわけか拳銃の銃口を山縣に向けている。

――どういうことだ？

真田は、困惑しながらも、男に銃口を向けた。

「動くな！」

男の視線が、真田に向く。

一瞬、ときが止まったような気がした。

なぜだろう――真田は、細められた男の目の奥に、言いようのない哀しみのようなものを感じた。

男が、拳銃のトリガーに指をかける。

今すぐに男を撃たなければこっちがヤバイ。それが分かっているにもかかわらず、硬直して身体が動かなかった。

銃声が轟いた――。

撃ったのは、男でも真田でもなかった。

男が、拳銃を持っていた腕を押さえて蹲った。腕から、ボタボタと血が滴り落ちる。

目を向けると、男の斜め後方で拳銃を構えている黒野の姿があった。

どうやら、撃ったのは黒野らしい。彼の放った弾丸が男の腕を撃ち抜いたのだ。

「無事だったのか？」

真田が声を上げると、黒野がニヤリと笑ってみせた。

「君こそ、とっくに落ちたと思ったよ」

「ふざけんな！」

言い方は気に入らないが、これで形勢逆転だ。

だが、男は真田たちの油断を見逃さなかった。素速く屈み込むと、黒野に向かって何かを投げた。

楕円形のその物体は、不規則にバウンドしながら転がって行く――。

「ヤバイ！」

黒野が慌てた声を上げながら、反対方向に向かって走り出す。

「真田！　伏せろ！」

山縣も声を上げながら、倒れている公香に覆い被さる。

――何が起きた？

真田が答えを見出す前に、爆発が起きた。

吹きつける熱風に、真田は吹き飛ばされ、床の上を転がった——。

耳鳴りがする。

顔を上げると、さっきの男がそのままエレベーターに乗ろうとしていた。

「待て！」

真田は、走って行く男の背中に銃口を向ける。

男が足を止めてくるりと振り返った。右手に手榴弾(しゅりゅうだん)を持ち、左手の人差し指をピンに引っかけている。

自爆するつもりらしい。

「撃て！」

遠くで誰かが叫んだ。

真田はトリガーに指をかけ、引き絞ろうとしたまさにそのとき、耳許で声がした。

——撃たないで！

それは、紛れもなく志乃の声だった。

男が、ピンを引き抜こうとする。

真田は拳銃を持ち替え、男に向かって投げつけた。回転しながら金属の塊と化した拳銃は、男の顔面に命中した。

男はそのまま崩れ落ちる。

真田は、すぐさま駆け寄り、ぐったりとしている男の息を確認する。

大丈夫なようだ——ほっと安堵したところで、倒れていた男が、目を開けた。

素速く身構える真田を嘲るように、男が微かに笑みを浮かべた。

男は、まだ手榴弾を持ったままだ。

「止せ!」

真田は、男の手を押さえつけようとしたが、それより先に銃声が響き、血飛沫とともに男の額に穴が空いた。

——いったい誰が撃った?

顔を上げた真田が見たのは、黒野でも山縣でもなく、切れ長の目をした、黒髪の女だった。

その服装からして、バーのウェイトレスであるらしい。

——なぜ、ウェイトレスが銃を?

「お前は……」

真田の言葉を振り切るように、女はエレベーターに飛び乗った。

――逃げるつもりか。

「そうはさせねぇよ！」

相手が何者かは分からないが、目の前で銃を撃った女を、このまま見過ごすわけにはいかない。

「待て！」

真田は、閉りかけたエレベーターの扉を強引にこじ開け、中に飛び込んだ。

その途端、鳩尾（みぞおち）に強烈な痛みが走った。女が繰り出した膝蹴り（ひざげ）がヒットしたのだ。

距離を取って体勢を立て直そうとしたが、狭いエレベーターの中では、それもままならない。

女は容赦なく、真田の顔面めがけて拳（こぶし）を打ち込んで来る。

両腕でガードしたが、女は器用にその隙間（すきま）を縫って拳を当ててくる。

――このままではマズイ。

真田はガードを捨て、反撃に転じようとしたが、それより先に、女の振るった拳が顎（あご）を突き上げた。

大きく仰（の）け反（ぞ）り、エレベーターの扉に凭（もた）れかかる。

立っているのが精一杯だ。

――どうする？

考えている間に、女は一気に距離を詰め、真田の首に肘を押しつけた。

息が詰まり、意識が朦朧としてくる。

――何てことだ。

まるで子ども扱いだ。今まで対峙して来た、どんな奴よりヤバイ。

このままでは、窒息死か、首の骨を折られるかだ。何とかしたいが、この状況では、いかんともし難い。

「お前は何者だ？」

女が、獣のように鋭い眼光で真田を睨む。

「お前に……は……教えてやんねぇよ……」

真田は、絞り出すように言いながらも、わずかな活路を見出していた。

「言いたくないなら、死んでもらう」

女が言うのと同時に、エレベーターが地下駐車場に停まる。

――今だ。

真田は、凭れていた扉が開くのと同時に、後方に倒れ込みながら、女を巴投げの要領で投げ飛ばした。

すぐに立ち上がり、体勢を立て直した真田だったが、女の方が早かった。強烈な回し蹴りを脇腹（わきばら）に受け、身体がよろめく。

だが、ただでは終わらない。真田は女の足を抱え込んだ。

「捕まえた」

真田は、女を振り回すようにして地面に押し倒し、その上に馬乗りになった。

「形勢逆転」

そのまま、左右の拳を叩（たた）き込もうとしたが、できなかった。相手は女だ。顔面を殴りつけることに、躊躇（ためら）いがあったのだ。

女は、真田の心の隙を見抜いたのか、真田を撥（は）ね除（の）ける。

必死に押さえ付けようとしたが、寝技にも長（た）けているのか、器用に逃げられてしまった。

「こいつ……」

改めて対峙したところで、真田はぼやいた。

さっきの屋上でもそうだった。自分の甘さが、とことん嫌になる。

女は、顔面に、ボディーに、器用に打ち分けながらパンチを放ってくる。真田は、必死にガードするが間に合わない。

一方的に殴られた挙げ句、ついには強烈なボディーブローに両膝を落とした。

額に脂汗が浮かぶ。

どうにか顔を上げたものの、最悪の状況が待っていた。

女は、真田の眼前に拳銃を突きつけていたのだ。

この女が、容赦なく引き金を引くタイプだということは、さっき目の当たりにした。

——さすがにヤバイ！

女がトリガーに指をかける。

だが、そこでピタリと動きが止まった。

見ると、女の背後に一人の男が立っていた。黒野だった——。

黒野は女の後頭部に拳銃の銃口を突きつけ、いつもと変わらぬ薄笑いを浮かべている。

「悪いけど。銃を捨ててもらえるかな」

緊張感のない口調で黒野が言う。さっきまで無表情だった女も、さすがに苦い表情を浮かべた。

しかし、拳銃を捨てる気配はない。

「妙なことは、考えない方がいい。ぼくは、そこのボンクラと違って、女でも容赦しないから」

黒野が牽制すると、さすがに諦めたのか、女はふうっと息を吐き、拳銃を投げ捨てた。

真田の方も一気に力が抜け、コンクリートの地面に大の字に寝転がった。

――本当にやばかった。

「女の子とお楽しみのところ、邪魔して悪かったね」

黒野が、ニヤニヤしながら真田の顔を見下ろしている。

「助けて欲しかったの？　ダンスをしてるのかと思った」

「助けるなら、もっと早くしろ」

黒野は、気障ったらしく指先でメガネの位置を直す。

「何がダンスだ」

――本当に憎たらしい野郎だよ。

身体を起こした真田だったが、異様な気配を感じて動きを止めた。黒野も、何かを感じたらしく緊張を走らせる。

「動くな！」

声とともに、自動小銃を構えた男が、柱の陰から飛び出して来た。

それも一人ではない。気付くと、真田たちは、武装した四人の男たちに囲まれていた。

――万事休すだ。

第二章　SOOTH

一

「これって、どういうこと？」

公香は、エレベーターの内部に点々と残る血痕を見て声を上げた――。

想定外の事態の連続で、頭が混乱している。

バーラウンジの男二人が射殺される未来を、志乃が予知した。それを阻止するために現場に赴いたのだが、関係ないはずのウェイトレスの女と乱闘になった。その上、ターゲットであったはずの男の一人が、手榴弾を持ち出す騒ぎへと発展した。

さらには、ウェイトレスが拳銃を抜き、ターゲットの一人を射殺して逃亡したのだ。

――何がなんだか分からない。

真田は、女を追いかけ、エレベーターに飛び乗って行ってしまった。

黒野もまた、別のエレベーターに乗り込み、真田たちを追いかけて行った。

公香と山縣は、少し遅れてあとを追いかけて地下駐車場まで足を運んだのだが、そこにはウェイトレスはもちろん、真田も、黒野もいなかった。

「分からん……」

山縣が、苦い顔で首を振る。

「もしかして、真田たちは……」

無事であって欲しいと願うほどに、頭の中には悪い考えが浮かぶ。

「大丈夫だ。殺されてはいない」

山縣が、強い口調で言った。

公香のようなただの願望ではなく、そこには信じるに値する根拠があるようだった。

「どうして、そう言い切れるの？」

「クロノシステムだ――」

「え？」

「もし、真田たちが殺されるのだとしたら、志乃がそれを予知するはずだ」

山縣の言い分は、もっともだと思う。

真田に危機が迫っているのであれば、志乃は間違いなくそれを予知するだろう。理論的な根拠はないが、二人の繋（つな）がりを考えれば当然の帰結だ。

「そうね」

気を抜いた公香の思考を遮るように、山縣の携帯電話が鳴った。

「山縣だ……」

電話に出た山縣の顔が、みるみる強張っていく。

この反応——何か良からぬことが起きているに違いない。じとっとした、嫌な汗が背中を伝う。

山縣は、電話をしながらも、停めてあるハイエースに向かって歩みを進める。公香は、引き摺られるように、そのあとに続いた。

「何があったの？」

公香は、山縣が車のドアを開けたところで訊ねた。

「新しい予知夢だ——」

山縣が簡潔に告げる。

公香は、突きつけられた言葉に目眩を覚えた。しかし、ここで惚けていても、何も始まらない。

すぐにハイエースのドアを開け、タブレット端末を取り出した。おそらく、すでに塔子から、予知夢のデータが送信されているはずだ。

メールで送信された映像データをタップする。公香は、モニターに表示された映像を食い入るように見つめた。

山縣も、携帯電話を持ったまま、じっとモニターを見つめている。

そこに映し出されたのは、手榴弾を持ったレザージャケットの男が、射殺される瞬間を捉えたものだった。

撃ったのは真田だ――。

公香は、山縣と顔を見合わせて、長い息を吐いた。

映像の内容は衝撃的なものだったが、この予知はすでに回避され、別のものに切り替わっている。

山縣は、電話の向こうにいる塔子に、早口にそのことを告げる。その後、真田と黒野の消息が不明であるという、現在の状況を説明してから電話を切った。

「焦ったわよ」

公香は、ぼやくように言った。

新しい予知夢――と聞いたときは、てっきり真田たちに何かあったのかと思い、肝を冷やした。

「安心するのは早い」

山縣がぴしゃりと言う。

「そうね」

公香は、気を引き締めて頷く。

真田と黒野が消息不明になっているという状況は、変わっていないのだ。

「とにかく、真田と黒野を捜すぞ」

山縣の意見に反論はない。しかし――。

「どうやって？」

弱音は吐きたくないが、今のところ、二人を捜す手がかりはどこにもない。

「発信機だ。それで位置を割り出せる」

山縣は、そう言いながら公香からタブレット端末を取り上げる。

「発信機？　持ってたっけ？」

「真田の時計に着けてある」

「それって、真田は知ってるの？」

「言ってない」

山縣はこともなげに言うと、ハイエースの助手席に乗り込む。

放し飼いにしていると思わせて、万が一の事態を想定して、首輪は着けておく。こういうところが、山縣の抜け目のなさだ。

「さすが、頼りになるわね」

公香は運転席に乗り込み、エンジンを回した。

その間に、山縣はタブレット端末を操作して、発信機の電波を探っている。

「見つかった。ここから北に一キロほどいったところだ」

「了解」

公香はアクセルを踏込み、タイヤを鳴らしながら車をスタートさせた。急げば、五分とかからない。すぐに見つけることができるだろう。

「妙だな……」

山縣が、タブレットを睨み付けたまま呟いた。

「何が？」

「この場所から、移動していない」

「その場所って、何かあるの？」

「地図で見る限り何もない。ただの交差点だ」

公香が訊ねると、山縣はタブレット端末を操作しながら、苦い顔をした。

「交差点？」

信号待ちをしているにしては、様子がおかしいように思う。

「嫌な予感がする。急いでくれ」

「了解」

公香は車の速度を上げた。

状況が見えないという不安からか、わずか五分足らずの距離が、やけに遠く感じられた。

目的地に到着したところで、車を路肩に停車させる。

山縣はすぐにドアを開けて飛び出して行く。公香も急いであとを追いかける。

見通しのいい道路のはずだが、真田たちの姿はどこにも見当たらない。

前を走っていた山縣は、何かを見つけたらしく、足を止めて屈(かが)み込んだ。背後から覗(のぞ)き込むと、山縣は歩道に落ちている腕時計を拾い上げた。

それは、真田のしていたものだった――。

「これって……」

公香が口にすると、山縣は腕時計をぎゅっと強く握り締めた。

真田が、ここに意図的に捨てたとは考え難い。発信機が仕掛けられていると気付かれ、ここに捨てられたと考える方が妥当だろう。

そうなると真田は、すでに殺されている可能性もある。

――いや、そんなはずはない！　真田は無事だ！

そう思おうとした公香だったが、それを嘲(あざけ)るように、山縣の携帯電話が鳴った――。

二

「良かった……」

塔子は深く椅子にもたれ、天井を見上げた。

さきほど塔子が見た予知は、真田が手榴弾を持った男を射殺するというものだった。

あの映像を見た瞬間、塔子は一気に血の気が引いた。

真田が人を殺すなんて、想像もできなかった。

彼は、高潔な男だ——。

自分に厳しく、信念を曲げずに、どんな苦境にも立ち向かうことのできる強さを持っている。

だが、同時にそれ故の脆さもある。

真田は優し過ぎるのだ。

相手がどんな極悪人であれ、人の命を奪うようなことがあれば、真田は一生、その罪に苛まれることになるだろう。

清廉潔白であるが故に、自らを追い詰めてしまう。真田には、そんな風にはなって欲しくなかった。

山縣から、真田は人を殺さなかったと聞き、ほっと胸を撫で下ろした。

しかし――。

今回は偶々運よく回避できただけで、今のような任務を続けていれば、いずれはそういう瞬間に直面することになるだろう。

そのとき、真田は、いったいどんな選択をするのだろうか？

できればそんな選択はさせたくない。いや、今はそんなことを考えている場合ではない。事態はまだ収束していない。山縣の話では、真田と黒野と、連絡が取れなくなっているらしい。

真田は、今どこにいるのだろうか？

無事であって欲しいと、心の底から願うと同時に、胸に刺すような痛みが走った。

――あなたに、彼を心配する資格があるの？

耳の奥で声がした。それは、おそらく、自分自身の声だ。

真田を危険に晒したくない。彼に苦しい選択をさせたくない。その身を健気に案じているように振る舞ってはいるが、彼を危険に駆り立てているのは、誰あろう自分自身だ。

もちろん、直接そうしているわけではないが、片棒を担いでいることに変わりはない。

ふと、前回の事件のとき、黒野に言われた言葉が脳裡を過ぎる。

——恨むなんて生易しいものじゃ済まされないよ。

黒野の言う通りだ。自分は、真田たちを裏切っているのだ。真実を知ったとき、彼らは、自分に牙を剝くだろう。

かといって、この状況を抜け出す方法はない。二度と這い上がれない蟻地獄の中にいるのだ。

——なぜ、こうなったのだろう？

疑問の先に、一人の男の顔が浮かんだ。

端正な顔立ちに、涼やかな目をした青年だ。あのとき、彼を止めていれば、自分はこんなことにはならなかったかもしれない。

だが、あのときの自分に、それができただろうか？　いや、できるはずもない。その力が無かったわけではない。自分には、何かを選択することができないのだ。ただ、運命に流されるままに生きることしかできない。

今も昔も——。

だからこそ、運命に抗おうとする真田に惹かれたのだろう。

塔子は、苦笑いを浮かべて、頭の中にある考えを振り払った。

今は過去を振り返っているときではない。状況はまだ続いている。

真田と黒野に何が起きたのか？　そして、今どこにいるのか？　それを確かめることの方が先決だ。

塔子は、さきほどの映像をモニターに表示させ、それをじっくりと観察する。

もしかしたら、この映像の中に、真田たちの行方を摑むためのヒントが隠されているかもしれない。

黒野のような分析力を持ち合わせていない塔子にとっては、望み薄ではあるが、何もしないよりはマシだ。

作業に没頭している塔子の耳に、嫌なアラート音が響いた。

ビクッと身体を震わせて視線を上げると、クロノスシステムの赤いランプが明滅していた。

クロノスシステムが――志乃が新たな死を予知した。

よりにもよって、このタイミング。嫌な予感しかしなかった。できればこれ以上、予知を見たくない。それが、塔子の本心だった。

また、真田たちが危険な目に遭うかもしれないと思うと、胸が締め付けられ、息が苦しくなる。

とはいえ、このまま手を拱いているわけにはいかない。予知の映像を解析することが、最悪の事態を回避するための、たった一つの方法だからだ。

塔子は、震える手でコントロールパネルを操作した。

三

テーブルと椅子が置いてあるだけの殺風景な部屋だった——。

壁にはマジックミラーが設置してあり、警察の取調べ室のような造りだ。

ドアは金属製で、いかにも頑丈そうだ。

その上、ドアノブが見当たらない。内側からは、開けられない構造になっているのだろう。

これでは、逃げ道がない。

「クソッ！」

真田は、マジックミラーを睨み付けながら声を上げた。

地下駐車場で、自動小銃を持った四人の男たちに拘束され、大型バンの荷台に乗せられた。そのまま何の説明もなく、この部屋に押し込められたのだ。

移動中は、ご丁寧に、頭にすっぽり布袋を被せられていたので、自分たちのいる場所を把握できていない有様だ。

「少し、落ち着いたらどうだ？」

声をかけて来たのは、黒野だった。

いきなり拉致され、こんな部屋に閉じ込められているというのに、足を組んでパイプ椅子に座り、余裕の笑みを浮かべている。

いや、黒野の場合は、常に笑っているので、心の底では何を考えているのか分からない。

「落ち着いていられるか。さっさとここを抜け出さねぇと……」

「こんな状態で、どうやって抜け出すのさ」

黒野は、手錠で繋がれた自らの両手を掲げてみせた。

真田も黒野と同じように、手錠をかけられている。押し込められた車の荷台で、携帯電話はもちろん、無線機や腕時計にいたるまで没収されてしまった。

黒野の言う通り、こんな状態では逃げるに逃げられない。だが――。

「だからって、いつまでもこんなところにいられるか！」

「そうカッカするなよ。そのうち出られるさ」

黒野は、あくまで呑気な物言いだ。

そのふてぶてしいまでの態度に、無性に腹が立つ。

「殺されるかもしれないんだぞ」

真田が言うと、黒野はぷっと噴き出すようにして笑った。

「殺す気なら、とっくにやってるさ。現に、手榴弾を持った男には、容赦無かったからね。それに、殺すより拉致する方が手間がかかるって知ってた？」

そんなことは、わざわざ黒野に指摘されるまでもなく分かっている。奴らが何者かは知らないが、自分たちを殺すチャンスはいくらでもあった。

それでも、彼らは真田たちを生かしたままにしている。そうするだけの理由があるということだ。

「おれたちから、情報を引き出してから殺すつもりかもしれないだろ」

「熱血バカから引き出せる情報は無いって、教えてあげるよ」

「そういう問題じゃねぇだろ」

「じゃあ、どういう問題なのさ」

「なぜ、おれたちを拉致したのか？　あいつらが何者なのか？　気にならないのか？」

真田が矢継ぎ早に言うと、黒野が苦笑いとともにため息を吐いた。

「気にはなるよ。正確には、気になってたけど、もう分かったからいいって感じかな」

「は？」

「だから、彼らが何者か、もう分かったって言ってるの」

相変わらず、とんでもないことをサラッと言う。

「どういうことだ？　教えろ！」

「その必要はない。そろそろ説明してくれる頃だからね」

黒野はそう言うと、マジックミラーに射貫くような視線を向けた。まるで、向こう側が見えているかのようだ。

少しの間を置いてから鉄製の扉が開いた。

部屋に入って来たのは、真田とやり合った、あの女だった。

こうやって改めて見ると、意外と小柄で線が細かった。見た目だけでいえば、ごく普通の若い女の子という感じだ。

しかし、女から醸し出される雰囲気は、明らかに異様だった。一番の要因は、その目だろう。

人を殺すことなど何とも思っていない――そんな無慈悲な目をしている。

「てめぇ！」

真田は、女に突っかかろうとしたが、黒野が腕を摑んで止める。

「止めときなよ。また、ボコボコにされちゃうよ」

――痛いところを突く。

エレベーターの中で対峙したとき、真田は目の前の女に手も足も出なかった。だが、それを認めてしまうのは憚られた。

「やってみなきゃ、分からねぇだろ！」

「意地を張るのは勝手だけど、君がいきり立ってると、向こうも事情を説明できない」

黒野が、ドア口に目をやった。

女に続いて、男が一人、部屋に入ってくるところだった。

年齢は五十代前半といったところだろうか。高級そうなスーツを着ている。

眉間に深い皺が刻まれていて、口を真っ直ぐに引き結んでいる。いかにも堅物そうだ。

「座って下さい」

女が口にした。

「座った方がいいと思うよ。拷問するつもりでもなさそうだし」

黒野が肩を竦める。

真田は、釈然としない思いを抱えながらも、黒野の隣に腰を下ろした。

それを待ってから、男が向かい合うかたちで座った。女の方は、ドアの前に立っている。

逃げ道を塞いでいるということだろう。

「君たちに、幾つか訊きたいことがある――」

男が静かに切り出した。

「どうぞ。何なりと」

黒野が、笑みを浮かべながら応じる。

「まず、君たちの名前を訊かせてもらおう」

尋問に近いかたちを想像していたので、男の口調に戸惑う。

答えるべきか――黒野に目を向けると、どういうわけか、くつくつと肩を震わせながら笑っている。

「訊く必要はないでしょ?」

黒野は、口角を吊り上げ口許に笑みを浮かべつつも、鋭い眼光を男に向ける。

「どういう意味だね?」

「もう知っているんでしょ。ぼくたちの名前はもちろん、どの組織に所属しているのかも。分かっていながら訊くのは、時間の無駄だと思うけどね」

——何だと?

真田は疑問を感じながらも、敢えて口を閉ざした。

悔しいが、黒野の分析力は並外れている。こういう交渉ごとは、黒野に任せておいた方が上手くいく。

「なぜ、そう思う?」

男が訊ねて来た。

「簡単だよ。あなたたちの情報網があれば、ぼくたちが何者かを割り出すなんて、五分もあればできることでしょ」

「私たちが、何者なのか知っているのかね?」

「内閣情報調査室——でしょ」

「何だそれ？」

真田が口を挟むと、黒野が盛大にため息を吐いた。

「君は、本当に熱血バカなんだね」

「悪かったな」

「内閣情報調査室は、官房長官直属の情報収集、分析、管理を職務にしている組織だよ」

――初めて聞く名称だ。

「情報を扱ってるってことか？」

「そう。国内外における、ありとあらゆる情報が内閣情報調査室に集められるんだ。まあ、それは表向きの職務だけどね」

「表向き？」

「情報収集といえば聞こえはいいけど、つまりはスパイ活動ってわけ。そもそも、内閣情報調査室は、日本のＣＩＡを目指して設立された組織なんだ」

「日本にスパイが存在したのか？」

真田は、驚きとともに口にした。まさか、日本にＣＩＡのような組織が存在しているとは、思ってもみなかった。

「そんなに驚くことでもない。昨今の世界情勢は複雑だ。純真無垢に、相手の言うことを信じていては、外交もままならない。それに、アメリカがテロとの戦争を宣言したように、外交だけでは解決し難い事態が頻発しているのも事実だ。そういった事象に対応するためには、スパイ組織は必須なんだ」

黒野が、淡々とした口調で告げる。

「だが、そんな話は聞かされていない」

「スパイ活動を公言したら、スパイではなくなってしまう」

「そうだけど……」

「それに、平和ボケした日本で、その存在を公にしたら、どういうことになるか、君でも分かるだろ」

「それは……」

真田は、二の句が継げずに息を呑んだ。

さっきの黒野の言葉ではないが、純真無垢に戦争放棄を謳おうと、そんなことは諸外国からすれば関係のないことだ。テロ組織などは、尚のことだ。

しかし、そのことをほとんどの国民が理解していない。自分たちの価値観に当て嵌め、こちらが危害を加えないのだから、自分たちは安全だと、平和の上に胡座をかいているのが実情だ。

「まあ、通常の内閣情報調査室は、表向きの任務に徹している。だけど、極秘裏に、特別な訓練を積んだ工作員が編成されたって聞いている。確か、名称は〈スペシャル・タクティカル・ユニット〉通称STUだったかな」

黒野が勝ち誇った笑みを浮かべながら口にする。

「そう思う根拠は何かあるのかね?」

男が、表情を変えることなく口にした。

黒野の指摘が間違っている——そう言いたげだ。

「根拠の一つ目は、ここが総理大臣官邸近くにある、内閣情報調査室の施設だってこと」

「なぜ、それが分かる?」

真田は、思わず声を上げた。

ここに来るまで、頭に布袋を被せられ、視覚を封じられていたはずだ。場所が分かるはずがない。

「目隠しをしたくらいで、場所が分からなくなるほど、愚かではないよ。頭の中に東京の地図は入っているからね」

黒野が、自らの頭を指先でトントンと叩きながら、さも当然のように言う。

真田は驚きつつも、前回の事件で同じようなことがあったのを思い出した。あのときも、わずかな音を頼りに、敵のアジトを見つけ出してみせた。

「他にも、根拠があるのかね？」

男が、試すような視線を黒野に向けながら訊ねた。

「ぼくたちを包囲した連中は、全員揃いのタクティカルスーツを着ていた。装備も銃火器から無線機に至るまで、全てが一致していた。テロリストのような連中では、こうはいかない。組織化された部隊であることは確定的だ。しかも、潤沢な資金がある——そうなると、国の管轄に置かれた組織である可能性が高い」

「それだけで、特定できるのか？」

「もちろん違う。そこの彼女も含めて、身分を証明するものを一切所持していなかった。服やブーツといったものもメーカーを特定できないようにタグが外されていた。なぜ、そんなことをするのか——理由はただ一つ。自分たちの存在を秘匿したいからだ。ここまで分かれば、自ずと答えが導き出される」

当然のように喋る黒野を見て、真田はただただ呆気に取られていた。

あの短時間で、そこまで観察し、分析してしまっていたとは——黒野の能力は、驚異的としか言いようがない。

さっきまで無表情を貫いていた男が、ふっと表情を緩めた。

「噂には聞いていたが、想像以上だよ――」

男の言葉に、黒野がおどけたように肩を竦めて見せた。

「それは、肯定と捉えていいのかな？」

黒野が訊ねると、男は大きく頷いた。

「君の言う通り、我々は内閣情報調査室内に組織された特別編成チームＳＴＵだ。私は、参事官の永倉。彼女は、エージェントの蓮見リカ――」

永倉と名乗った男がドア脇に立つ女に目を向けた。

リカと紹介された女は、言葉を発することなく、顎を引くようにして頷いた。

彼らが何者かは分かった。だが、真田は警戒心を解くことはなかった。おそらく、隣にいる黒野も同じだろう。

彼らが何を目的にしているのか――それが分からない限り、気を許すわけにはいかない。

「お前たちの目的は何だ？　なぜ、あの場所にいた？」

真田は、力を込めて永倉を睨みながら口にした。

その程度で動じるタイプには見えないが、それでも臆していると見られるのは癪だ。

「まあ、そう騒ぐなよ」

黒野が、飄々とした口調で言う。

「何?」

「詳しい話は、これを外してからにしません? そろそろ、迎えも来るだろうからね」

黒野は、そう言うと手錠の嵌った両手を掲げて見せた。

四

「山縣です」

山縣は、焦燥感を抱きながらも電話に出た。

〈大変な騒ぎになっているな〉

唐沢が開口一番に言った。

真田たちを追って、あとを確認せずに駆け出して来たが、あれだけの事件があったのだ。バーラウンジは大変なことになっているだろう。

唐沢も対応に追われているに違いない。

迷惑をかけていることは承知しているし、申し訳ないという気持ちもある。しかし、今は弁明をしたり、詳しい状況説明をしている余裕はない。

「分かっています。しかし……」

〈ある程度の状況は把握している〉

唐沢が、山縣の言葉を遮った。

その言葉には、バーラウンジでの一件——ということ以外のものも含まれているようだった。

「どういうことですか？」

山縣は困惑しながらも訊ねる。

〈真田と黒野の消息が摑(つか)めなくなっているのだろう？〉

「その通りです。しかし、なぜそれを？」

〈ある筋から情報がもたらされた〉

「ある筋とは？」

山縣は、不安に満ちた声で訊ねた。

状況は分からないが、とてつもなく嫌な予感がした。

〈詳しくは、会ってから説明する。すぐに指定の場所まで来て欲しい――〉

山縣は、唐沢が告げた場所を素速くメモしてから電話を切った。

「どういうこと？」

会話に聞き耳を立てていた公香が訊ねて来た。

「分からない。とにかく、今は唐沢さんと合流することが先決だ」

「あの人が出張って来るなんて、珍しいわね」

確かに公香の言う通りだ。

官僚である唐沢は、全くといっていいほど現場には顔を出さないし、山縣たちと接触するときも、細心の注意を払っている。

故（ゆえ）に、真田や公香が唐沢と会ったのは、数えるほどだ。

そんな唐沢が、これから合流しようというのだ。彼が直接出向かなければならないほどの、緊急かつ重要な事態が発生しているということだろう。

色々と分からないことはあるが、今それを考えたところで結論が出るとは思えない。

「とにかく行くぞ」

山縣は、気持ちを切り替えて言うと、停車してあるハイエースに戻り、助手席に乗り込んだ。

あとから運転席に乗り込んだ公香に、唐沢から指定された合流地点を告げる。車がスタートしたところで、再び携帯電話に着信があった。

塔子からだった。

さっき電話を切ったばかりだが、塔子は用もなく何度も電話をしてくるタイプではない。また、予期せぬ何かが起きたに違いない。

「どうした？」

山縣は、不安を押し殺して電話に出た。

〈クロノスシステムが、また予知しました——〉

塔子の言葉を聞き、意識が遠のいていくようだった。

「何だと……」

山縣は、絞り出すようにして言った。

この状況下で、志乃が新たに人の死を予知したとなると、真田たちに関連しているとしか思えない。

こういうとき、頭に浮かぶのは最悪の事態ばかりだ。

——そんなはずはない！

内心で強く否定してみたが、その程度で不安を払拭（ふっしょく）できるはずもなかった。

〈大変なことになっています〉

「真田たちか？」

〈口頭で説明するより、見てもらった方がいいと思います。今から、映像データを送信します〉

塔子の言葉に「分かった」と答えて電話を切った。

「何があったの？」

公香が訊ねて来たが、返事ができなかった。

ここで呆けていても何も始まらない。映像データを確認しなければ。タブレット端末を手に取り、フリック操作をしようとするが、指先が震えた。

――何なんだ！

山縣は、きつく唇を噛んだ。

連続して起きている想定外の事態に、思考も感情も追いついていない。明らかに、許容範囲を超えている。

「しゃきっとしてよ！」

ハンドルを握った公香が、突然大きな声を出した。

はっとなり視線を向けると、公香はフロントガラスを、じっと睨みつけていた。均整の取れた彼女の横顔には、怒りが滲んでいた。

真田や黒野を叱責している姿はよく目にするが、それとは異質の怒りのようだった。

「私たちは、山縣さんしか頼れる人がいないのよ」

公香が、半ば呆然としている山縣に言った。

表情に反して、今にも霧散して消えてしまいそうなほど、危うげな声だった。が、その一言で、山縣の中にある怯えや迷いといったものが、一気に吹き飛んだ。

公香の言う通りだ。こういう状況だからこそ、自分がしっかりしなければならない。そんな当たり前のことに気付かされた。

山縣が「すまない」と詫びると、公香は「いいのよ」と照れ臭そうに笑ってみせた。

気持ちを切り替えた山縣は、タブレット端末を操作して、塔子から送られた予知のデータを再生させる。

「なっ！」

そこに映し出されたのは、山縣の想定をはるかに超えるものだった。

――いったい何が起きている？

いくら考えてみても、その答えを見つけることができなかった。ただ、自分たちがとんでもないことに巻き込まれていることだけは分かった。

「どうしたの？」

公香が訊ねて来た。

車は、すでに目的地に到着していた。

塔子ではないが、口頭で説明するより、見てもらった方が早い。山縣は、公香にタブレット端末を差し出した。

それを受け取り、映像を再生させた公香の顔が、みるみる青ざめていく。

「これって、どういうこと？」

「分からない。まずは、唐沢さんと合流してからだ」

山縣が車を降りると、ガードレールに腰掛けるようにしていた男が、すっと立ち上がった。

まるで、こちらを待っていたようなタイミングだ。

素早く身構えた山縣だったが、その顔を見て、すぐに力を緩めた。知っている人物だった。

ひょろっとした長身で、彫りが深く、鷲鼻（わしばな）が印象的な顔立ちをしている。視線が鋭く、一見すると近寄り難い印象があるが、目尻（めじり）に皺（しわ）を寄せた笑顔は、どこか愛嬌（あいきょう）がある。

元SATの狙撃手だった鳥居祐介だ。

山縣が鳥居と知り合ったのは、ある事件がきっかけだった。今は、現役を退いているが、そのときの縁で、助っ人として仕事を手伝ってもらうことも多い。

しかし、今回の事件に関しては、鳥居に協力要請はしていなかったはずだ。

「なぜ、鳥居君がここに？」

山縣が訊ねる。

「私が呼んだんだ」

鳥居が口を開くより先に声がした。

唐沢が、闇の中から浮かび上がるように姿を現わした。

五

真田は、廊下を歩いていた——。

ついて来るように指示され、永倉とリカのあとに続いている。彼らの素性が分かったせいか、歩き方が軍人然とした機敏なものに見える。

「こいつらについて行っていいのか？」

真田は、小声で黒野に訊(たず)ねた。

「いいんじゃない。手錠も外してくれたし、色々と話を聞かせてくれるみたいだし」

黒野は、自由になった両手をひらひらと振りながら言った。

あのあと永倉たちは、黒野の要求を呑(の)み、あっさりと手錠を外してくれた。その上で、詳しい話をしたいので、ついて来いと促されて取調べ室のような部屋を出た。

今は、手錠もしていなければ、銃で脅されているわけでもない。だが——。

「そういう問題じゃない」

「なら、どういう問題なのさ」

黒野は、惚(とぼ)けた調子で答える。どうにも緊張感がない。

「躊躇(ちゅうちょ)なく、人を殺すような奴(やつ)らを、信用していいのかってことだよ」

真田が口にすると、黒野が呆(あき)れたようにため息を吐(つ)いた。

「さっきも言ったけど、彼らは内閣情報調査室の特別編成チームだ」

「それとこれとは関係ないだろ」

「いいや。関係あるんだな。あの場では、撃ち殺すことが正しい判断だった」

「何？」

「あの男は、手榴弾(しゅりゅうだん)のピンを抜こうとしていたんだ。それを見過ごせば、多くの犠牲者が出るのは明白だ。それを止めるために、射殺するのは適切な判断だって言ってるんだよ。いや、あれしか方法がなかったと言っていい」

黒野の言わんとしていることは分かるし、その通りだと思う。

しかし、真田が気にしているのは、そういうことではない。人を殺すことを躊躇なく実行してしまう精神性だ。

おまけにリカは、人を殺したあとだというのに、平然としている。そこに良心の呵責がない。

見た目が普通の女性に見えるからこそ、余計にその異様さが際立つ。それに――。

「他にも手はあったはずだ」

真田が反論すると、黒野がふんっと鼻を鳴らして笑った。

「君は、他の方法を試みて失敗したじゃないか」

「何だと？」

「この際だから言っておくけど、銃は投げるものじゃなくて、撃つものだ」

あのときの光景が、脳裡を過ぎる。

真田は、逃げだそうとする男の頭に狙いを定めていた。トリガーを引くだけだったが、それができなかった。

指先を動かすだけで良かった。だが、そのわずかな動きで、人の命を消すことになると思うと、撃つことができなかった。

——本当に、そうなのか？

ふと疑問が浮かぶ。

あのとき、真田は「撃たないで」という声を聞いた。原理は分からないが、あれは志乃の声であったような気がする。

あの声がなければ、引き金を引いていたかもしれない。

何だかんだと理屈をつけているが、それはあくまで結果論に過ぎない。あの男を撃ったのは、自分だったかもしれない。

真田がリカに向ける反感は、本当は自分自身に対してなのかもしれない。

「分かってるさ」

真田は、そう言うのが精一杯だった。

「いや。君は何も分かっていないね。彼女がいたから、君は今こうして生きているんだ。次からは、ぼくが撃てと言ったら、迷わずトリガーを引くことだね」

黒野の冷たく鋭い眼差しが、真田を射貫く。

「ふざけんなよ。おれたちの任務は、人の命を守ることで、奪うことじゃない」

真田は、自分自身に対する怒りも込めながら言った。

「君は、勘違いしている」

黒野が呆れたように、首を左右に振る。

「勘違い？」

「そう。クロノスシステムは、善悪を判定するシステムではない」

「何が言いたい？」

「殺される側が、いつでも善人とは限らないんだよ。場合によっては、自分たちの行いが、クロノスシステムによって予知されることもあり得るんだ」

感情的になる真田とは対照的に、黒野の口調は淡々としていた。

それ故に、胸の奥を抉（えぐ）られるような痛みが走る。

黒野の指摘する通り、志乃が予知するのは、死という事実だけだ。殺される側の人格までは分からない。

現に今回、助けるはずだった男は、山縣や公香に襲いかかっただけでなく、手榴弾を使って自爆しようとした。

真っ当に生きて来た人間でないことは確かだ。しかし、だからといって、見過ごすことはできない。

それは、命に優劣を付けるのと同じ行為だ。

彼らが何者であったにせよ、命は救うべきだ。その上で、罪を犯そうとしているのであれば、全力でそれを阻止する。

「おれは……」

言いかけた真田だったが、それ以上、言葉が出て来なかった。

自分の考えが、都合のいい綺麗事に過ぎないと気付いてしまったからだ。

少なくともあの瞬間は、殺す以外に手がなかった。そうでなければ、周囲の人間もろとも吹き飛んでいた。

「気持ちは分かるけど、自分たちの任務の重さを自覚して欲しいね。そうでなきゃ、次に死ぬのは君だよ」

「分かってるさ……」

真田は苦し紛れに言った。

志乃は、いったいどう思っているのだろう。この状況でも、やはり救うべきだと言うのだろうか？

「ここだ――」

永倉が、廊下の突き当たりにあるドアの前で足を止めた。

リカがドアを開け、中に入るように促す。

――入るべきか？

やはり迷いがあった。部屋に入った瞬間、後ろから撃ち殺されるなんてことも充分に考えられる。

「そんなに怯えることはないさ」

黒野は、真田の心配を余所に、こともなげに言うと、スタスタと部屋の中に入って行ってしまった。

「どうぞ。お入り下さい」

リカが落ち着いた口調で言った。

さっき、その手で人を殺したばかりだというのに、なぜ、そんなにも冷静でいられるのか？

真田には、それが理解できなかった。

「お前は……」

「あなたの仲間も到着しています」

リカが真田の言葉を遮った。

――仲間？

困惑しながらも、真田は部屋の中に足を踏み入れた。会議室らしく、楕円形のテーブルが置かれていた。

そして、部屋の中には、リカの言うように真田の知っている面々がいた。

「山縣さん！　それに公香！」

部屋の中で二人の姿を目にして、真田は驚きの声を上げた。

それだけではない。正規のメンバーではないが、助っ人として協力してくれている元SATの隊員、鳥居祐介もいた。

「鳥居のおっさんまで、どうして？」

「唐沢さんに呼ばれたんだ」

鳥居が、真田の質問に答えながら、視線を向ける。そこには、次世代犯罪情報室の生みの親である唐沢の姿があった。

唐沢まで来るとは、正直、意外だった。

——これは、どういうことだ？

「一度に説明した方が、効率的だと思って、唐沢さんに連絡を取り、皆さんにご足労頂きました」

永倉が、冷静な口調で告げた。

「なぜ、わざわざそんなことを？」

真田が訊ねると、黒野が苦笑いを浮かべた。

「それを今から説明しようと言ってるんだ。座ったらどう？」

黒野が呆れたように言う。色々と分からないことはあるが、騒ぎ立てるより、話を聞いた方が良さそうだ。

真田は歩みを進め、山縣の隣に座った。

六

「大丈夫なのか？」

山縣は、真田に視線を向けながら訊ねた。

黒野はほぼ無傷だが、真田は顔や腕に、擦り傷や痣ができている。相当に無茶をした証拠だ。

「ちょっと顎が痛いけど、平気だ」

おどけるように答える真田を見て、山縣は深いため息を吐いた。

無事だったから良かったようなものの、こんなことを続けていたら、いつか命を落とす。

いくら任務を全うすることができたとしても、真田たちに何かあっては意味がない。とはいえ、昏睡状態にある志乃を見捨てることもできないし、死ぬ運命にあると分かっていながら、手を拱いていることもできない。

常に大きな矛盾を抱えたまま、任務に当たっている。そうすることしかできない自分が、腹立たしかった。

「そんなことより、勢揃いだな」

真田が、ぐるりと部屋の中を見回しながら言った。

山縣の右側には公香と鳥居が並んで座っている。左側には真田と黒野。そして、上座には唐沢の姿がある。

「そうだな」

山縣は、返事をしながら対面に並んで座る男女に目を向けた。

ここに来る前に、唐沢から説明を受けた。二人は、内閣情報調査室の特別編成チームのメンバーで、永倉寛之と、蓮見リカだ。彼らが唐沢に連絡を取り、この場が設けられたというわけだ。

内閣情報調査室は、自衛隊、海上保安庁、警察庁などからの出向者が多く、それぞれの機関に大きな影響力を持っている。

唐沢にコンタクトを取り、山縣たちを呼び寄せることは造作もなかっただろう。

「まずは、我々があのホテルで何をしていたのか――それを説明しておきます」

そう切り出したのは、永倉だった。

彼が合図をすると、リカがブラインドを降ろし、部屋の電気を消した。次に、プロジェクターが起動し、正面のスクリーンに一人の男の顔写真が映し出される。

「この男……」

声を上げたのは、真田だった。山縣もこの男に見覚えがあった。

バーラウンジで殺されるはずだった男だ。山縣たちは、それを阻止するために、現場に向かった。

ところが、この男は拳銃(けんじゅう)を抜いて抵抗したばかりか、追い詰められて手榴弾(しゅりゅうだん)で自爆を図ろうとした。

「我々は、かねてからこの男をマークしていました」

永倉がレーザーポインターで、男の顔を指し示す。

「何者ですか?」

山縣が問うと、黒野がほくそ笑んだ。

「彼の名は、パトリック・スチュアート。英国人。元SAS（陸軍特殊部隊）の隊員で、退役後に中東に入り、過激派のテロリストになった」

黒野がすらすらと、写真の男の経歴を口にする。

「ちょっと待て！　お前、知ってたのか？」

真田が、黒野に詰め寄る。

黒野の方は、何食わぬ顔で笑みを浮かべている。

「知ってたよ。以前に、過激派テロリストのリストは目を通していたからね」

「知ってて、何で黙ってたのよ！」

今度は、公香が突っかかる。

「前にも言ったじゃないか。バタフライエフェクトだよ。変化は、最小限に抑えた方がいい」

「あんたねぇ……」

山縣は、さらに詰め寄ろうとする公香を「落ち着け」と窘めた。

黒野には、色々と言いたいことはあるが、今はそれを追及することよりも、話を進めることの方が重要だ。

「そのテロリストが、なぜあのホテルに？」

山縣は質問をするかたちで、先を促した。

永倉は、小さく顎を引いて頷(うなず)いてから説明を再開する。

「今から三週間前——我々は、パトリックが日本に密入国したという情報を得た。彼が、日本国内において、何らかのテロを目論(もくろ)んでいると踏み、その行方を捜していた」

「昨晩になり、彼が宿泊していると思われるホテルが判明し、私を含めたエージェントたちが、あのホテルで監視を続けていました」

永倉の説明をリカが引き継いだ。

山縣たちがバーラウンジに足を運んだとき、リカがウェイトレスの恰好(かっこう)をしていたのは、変装してパトリックを監視するためだったということだろう。

「そこに、ぼくたちが現われた——というわけだ」

黒野がニヤリと笑ってみせた。

「そうだ。我々としては、できればパトリックを生きたまま捕らえ、何を目論んでいるのかを吐かせるつもりだったが……」

永倉は、そこで言葉を濁した。

説明されるまでもなく、そこで何があったかは、知っている。リカがパトリックを射殺してしまったのだ。

「まあ、あの状況では撃つより他になかった」

黒野が、リカに目を向けた。

その視線に気付いているはずだが、リカは表情一つ変えなかった。

パトリックを撃ったときも、リカは同じ顔をしていた。正確に状況判断をして、何の迷いもなく引き金を引く。

個の感情を捨て、ベルトコンベアに並ぶ機械のように、決められたことを実行する様は、工作員としては優秀なのかもしれないが、山縣たちから見れば、異様としか言い様がなかった。

「彼らが、日本国内でテロを目論んでいることは明白だが、その標的が分からず、我々も苦慮しているところだ」

永倉が言うのと同時に、黒野がふっと息を吐きながら笑った。

「本当は分かってるんでしょ」

黒野の冷ややかな視線が、永倉を射貫く。

「どういうことだ？」

山縣が訊ねると、黒野が目を細め、指先でメガネの位置を修正した。

「山縣さんらしくもない。このタイミングで、日本でテロを起こそうとしているのだとしたら、ターゲットは一つしかないでしょ」

黒野の説明で、山縣もテロの標的が何であるのかを理解した。

「外相会談――か」

山縣が口にすると、黒野が大きく頷いた。

明日、東京で日、米、英の三カ国による外相会談が開催される予定になっている。

「外相会談でテロなど、断じて阻止しなければならない」

永倉が、強い口調で言った。

人命を守るためというのもあるが、もし外相会談中にテロなど行われれば、それこそ国際問題になるのは必至だ。

「何で、日本でテロなんか……別の国でやればいいだろう」

真田が言うなり、黒野が呆れたようにため息を吐いた。

「平和ボケも、ほどほどにしなよ」

「何？」

「他国の人なら、いくら死んでも構わないとでも言うの？」

「そうは言ってない。でも、関係ない日本でテロをやる必要はないだろう」

「関係なくはない。日本だって世界の一員なんだ。それに、テロを目論んでいるのが、中東の過激派だとしたら、アメリカと同盟を結んでいる日本は、れっきとした敵国でもある」

「だけど……」

「ついでに言えば、日本は君みたいに平和ボケして、テロ対策をおざなりにして来た。テロをやり易(やす)い国でもあるんだよ」

「そんなの……」

山縣は、さらに黒野に反論しようとする真田を、「もう止(よ)せ」と窘めた。

戦争放棄を謳(うた)う日本を、他国が攻撃するはずがない——多くの日本人はそう思っている。

安保関連法案の議論をとっても、それは顕著だ。反対派は自分たちが、戦争を放棄さえしていれば、他国から侵攻されることはないという論調だ。

しかし、それは間違いだと言わざるを得ない。

こちらから手を出さなかったとしても、武力を行使する国は数え切れないほどある。

とはいえ、安保関連法案に賛同しているわけではない。武力を持ち、アメリカとの同盟関係を強化したからといって、抑止力になるというような単純な問題ではない。

安保関連法案の成立が、他国につけいる隙（すき）を与えてしまうのもまた事実だ。まさに八方塞（ふさ）がりといえる。

それだけ世界の情勢は複雑化しているのだ。

故（ゆえ）に、今ここで真田と黒野が議論を重ねたところで、どちらが正しいかという結論は出ない。

「あなたたちも、外相会談がテロの標的だと考えているんですか？」

話を本筋に戻すように口にしたのは、唐沢だった。

「確証は持てていませんが、その可能性が高いと考えています」

永倉が答えた。

「しかし、首謀者と目されるパトリックが死んだのであれば、計画が頓挫（とんざ）したとも考えられませんか？」

唐沢が質問を重ねる。

こういうときでも、冷静でいられる唐沢が、この場にいてくれるのは本当に心強い。

「いえ。おそらく、計画は現在も進行中です」

永倉が断言する。

「その根拠は、何ですか？」

唐沢の質問を受け、永倉はリカに目で合図を送った。

小さく頷いたリカは、手許の端末を操作する。映し出されていた写真が切り替わり、四十代と思われる、男の顔が映し出された。

彫りが深く、褐色の肌をしていて、口の周りをボリュームのある髭が覆っている。中東系の顔立ちをした男だ。

大きく見開かれた目は、血に飢えた狼のように、ギラギラとした光を放っている。

「彼の名は、ムハンマド。ナイフの扱いに長け、爆発物にも精通している。知略家でもあり、これまでにG国の大使館の爆破テロなどにも関与している。おそらく、今回のテロ計画のリーダー格は、彼だと思われます」

永倉が説明を加える。

「厄介な相手ですね……」

唐沢が、唸るように言った。

その口ぶりからして、唐沢も彼に関する情報を持っているのだろう。

「それともう一人――」

そう切り出した永倉の顔が、一気に険しくなった。リカが端末を操作して、写真が切り替わる。

そこに映し出されたのは、意外にも日本人のようだった。

二十代と思われる若さで、端正な顔立ちをしているのだが、真っ白に染まった髪が異彩を放っている。

「こいつ！」

真田が、興奮気味に言いながら立ち上がった。

「知っているのか？」

山縣が訊ねると、真田は苦々しい顔をしながら頷いた。

「ああ。おれと黒野は、屋上でこいつとやり合った。逃げられちまったけどな……」

「やり合ったというより、一方的にやられちゃったんだけどね」

黒野が、おどけた調子で言った。

「この男は何者なんですか？」

訊ねたのは唐沢だった。

「この男は、名前、年齢、経歴は全て不詳。数年前に突如として出現した男です。分かっているのは、アレス——というコードネームだけです。今回のテロにおいて、日本国内から、ムハンマドたちを手引きした男がいます。それが、おそらくは彼です」

アレスは、ギリシア神話に出て来る神の名で、戦を司るとされる。荒ぶる神の名をコードネームに持つのだから、相当に腕の立つ男なのだろう。

「なぜ、そんなことを？　彼は国内の過激派組織に属しているのですか？」

「愛国者——と名乗る組織をご存じですか？」

永倉が質問で返してくる。

山縣は初めて耳にする組織の名称だった。だが、黒野と唐沢は知っているようだった。

「はい。噂だけですが……」

唐沢にしては珍しく、曖昧な返答だ。

「どういう組織なんだ？」

真田が訊ねると、黒野が小さく笑う。

「詳しいことは分かっていないけど、太平洋戦争後、アメリカの支配下になっている日本の将来を憂い、戦前の軍部の生き残りを中心に結成された秘密結社だと言われている」

「秘密結社？」

黒野の説明に、真田が分からないという風に首を傾げる。

「そう。ＫＫＫやフリーメーソンなんかが有名だね。簡単に言ってしまえば、ある主義主張の許に集まった者たちで、その存在を秘匿している団体さ」

「そんな連中、本当にいるのか？」

「ああ。存在を秘匿して、目立った活動をしていないから、気付かれないだけさ。愛国者のメンバーは、政治家や官僚、警察官の中にも紛れていると言われている」

　黒野の言うことは、決して絵空事ではない。かつて日本でも、血盟団を名乗る秘密結社が、要人を暗殺して、国家転覆を目論んだことがあった。

「で、愛国者って奴らの目的は何なんだ？」

「強い日本を取り戻すこと――」

「軍国主義を復活させようってのか？」

「そこまでは言わない。ただ、現在の日本は、見方によってはアメリカの属国だ。そんな状況を快く思わず、かつてのように独立した国として、復興させようって考えている連中がいてもおかしくない」

「何だそれ？　意味分かんねぇよ！」

「ぼくに言うなよ。創設者じゃないんだから」

　つっかかる真田を、いなすように黒野が言った。

「つまり、この男は愛国者という組織の一員だと考えているんですか?」

唐沢が先を促すように訊ねる。

「可能性の一つとして考えています」

言い方は含みを持たせているが、そこには確信があるように思えた。

話を聞きながら、山縣は目眩を覚えた。

知らぬ間に、とんでもない事態に巻き込まれていたようだ。正直、ここまで大きな事案になると、自分たちでは到底手に負えない。

「なぜ、そのような話を、我々にしたのですか?」

疑問を挟んだのは唐沢だった。

表情を見る限り、訊ねてはいるが、すでにその答えを承知しているようにも見える。

「あなたたちに、協力して頂きたいんです」

永倉が、毅然とした調子で言った。

冗談ではない。自分たちは、次世代犯罪情報室の名称はあるが、永倉たちのように、特殊な訓練を受けたわけではない。

テロリスト相手に渡り合えるほどの力量は、持ち合わせていない。死ねと言われているのと同じだ。

「あなたたちが欲しているのは、ぼくたちではないでしょ？」

黒野が両手を広げ、おどけるように言った。

「どういう意味だ？」

真田が怪訝(けげん)な表情を浮かべる。

「簡単だよ。彼らは、クロノスシステムの情報を欲している——そうでしょ？」

黒野が、永倉に視線を投げる。

しばらく黙っていた永倉だったが、やがて諦(あきら)めたように笑みを浮かべた。

「君には、隠しごとができないようだ。その通り。我々が欲しているのは、クロノスシステムの情報だ。人の死を予知する。テロを防ぐ上で、これほど有効なものはありません」

永倉が、にやりと笑みを浮かべながら言う。

「ちょっと待って下さい。なぜ、クロノスシステムのことを？」

山縣は勢い込んで訊ねた。

「内閣情報調査室は、各分野のトップシークレットの情報が集約されている。知っていて当然でしょ」

口を挟んだのは、黒野だった。

「それはそうだが……」

黒野の言う通り、知っていて当然かもしれない。

「それより、急いだ方がいいんじゃない。クロノスシステムが、次の死を予知しているんでしょ?」

黒野の言葉に、山縣は再び驚かされる。

「なぜ、そうだと分かる?」

「状況から判断すれば、当然の帰結だと思うよ。クロノスシステムは、ランダムに予知しているわけじゃない。関連する事象全てだ。もし、彼らが次のテロを目論んでいるのなら、予知は起きているはずだ」

まさに黒野の言う通りだ。

志乃によって、新たな死は予知されている。問題は永倉たちの前でそれをオープンにしていいかということだ。

山縣が独断で判断できるようなことではない。唐沢に目を向ける。

「映像を見せてくれ——」

唐沢が、小さく頷いてから言った。

「分かりました」

山縣はタブレット端末を取り出し、テーブルの上に置くと、志乃が予知した映像データをフリックして再生させた。

七

コンクリートの柱が規則正しく立ち並んだ無機質な空間だった――。

蛍光灯の灯りに照らされて、様々な車が整然と並んでいる。立体駐車場のような場所だ。

外に広がる風景は暗い。おそらくは、夜であろう。

そこに、一人の男が立っていた。

グレイのスーツに、黒縁のメガネをかけた男が、大事そうにジュラルミンケースを抱えている。

怯(おび)えたように、周囲に視線を走らせながら、誰かを待っている様子だ。

やがて、駐車場のスロープを一台の車が上って来た。黒塗りのSUVだ。

車は男の前で停車する。後部座席のドアが開き、二人の男が降り立った。二人とも、一目で中東系だと分かる、彫りの深い顔立ちをしていた。

男たちは、グレイのスーツの男に何ごとかを話しかけたあと、肩に掛けていたボストンバッグを手渡した。

それを受け取ったグレイのスーツの男は、その場に屈(かが)み込み、中身を確認する。

中に入っていたのは、大量の札束だった。

グレイのスーツの男は、バッグを閉じてから立ち上がると、自らが持っていたジュラルミンケースを差し出した。

と、次の瞬間――グレイのスーツの男の頭が、血飛沫(ちしぶき)とともに弾(はじ)け飛んだ。

二人の男たちは、何ごとかと辺りを見回す。

猛スピードで近付いてくるヘッドライトが見えた。白いカウルに、青いラインの入った、スポーツ仕様の大型のバイクだった。

白いフルフェイスのヘルメットを被(かぶ)った男が乗っていた。

車の前にいた男たちは懐(ふところ)から拳銃(けんじゅう)を抜き、バイクに向かって次々と発砲する。

白いヘルメットの男は、バイクを器用に蛇行させながら銃撃をかわしつつ、腰に装着したホルスターから拳銃を抜いた。

そのまま片手でハンドリングしながら、トリガーを引く。

白いヘルメットを被った男が放った弾丸は、正確無比に二人の男たちの眉間(みけん)を撃ち抜いた。

黒いSUVの運転手が、雄叫(おたけ)びを上げながら急発進して、バイクに突進していく。そのまま轢(ひ)き殺そうという算段なのだろう。

白いヘルメットの男は、すぐさまバイクから飛び降りる。

それと同時に、車とバイクが正面衝突した。

白いヘルメットの男は、素速く立ち上がり、黒いSUVに向けてトリガーを引いた。

撃ち出された弾丸は、黒いSUVのガソリンタンクに命中した。大量のガソリンが流れ出す。

運転していた男が、慌(あわ)てて車から脱出しようとするが、白いヘルメットの男は、容赦なくもう一発弾丸を放った。

ガソリンに引火して、黒いSUVは、爆炎を巻き上げながら、運転手もろとも爆(は)ぜた。

白いヘルメットの男は、それを見届けることなく、背中を向けると、落ちていたジュラルミンケースを拾い、悠々とその場を立ち去った——。

——これは！

映像を見終えた真田は、あまりの光景に、思わず絶句した。

バイクに乗った男は、現われるや否や、鮮やかともいえる手並みで、四人の男たちを殺害してしまった。

何の躊躇いもなく繰り広げられた惨劇は、現実味を喪失していた。

会議室にいる面々も、みな一様に表情を固くしている。それだけ、衝撃的な内容の映像だったということだ。

そんな中、黒野だけがいつもと変わらない薄笑いを浮かべていた。

「これは、どういうことだ？」

真田はようやく絞り出すように口に出した。

「見て分からない？」

黒野が、おどけたように両手を広げてみせる。

「分からないから、訊いてんだよ」

真田の反論に、黒野はやれやれという風に首を左右に振ってから説明を始めた。

「SUVに乗って現われたこの連中は、おそらくはムハンマドってテロリストの手下たちだ」

黒野が、タブレット端末を指差しながら言った。

顔の感じからして、明らかに中東系だ。志乃の予知夢は、ランダムではなく、関連した事件に限るという法則に当て嵌（は）めると、さっき話題に上ったテロリストである可能性は極めて高い。

「それで」

真田は先を促す。

「もう気付いているとは思うけど、この男――」

黒野は、タブレットをフリック操作して、最初に射殺された、グレイのスーツの男を拡大表示させる。

「ホテルにいた男だな。最初の志乃の予知では、バーでパトリックもろとも、殺されるはずだった」

「正解」

黒野が、パチンと指を鳴らす。

「何者なの？」

公香が質問を投げると、黒野がすっと目を細め、永倉に顔を向けた。

「あなたたちは、分かっているんでしょ？」

黒野の問いかけを受けた永倉は、しばらく間を置いたあとに、小さく息を吐いた。

「本当に、君には隠しごとができないな」

永倉が観念したように言った。

この反応――黒野の言葉を肯定するものだ。

「何者なんですか？」

山縣が、鋭い視線を向けつつ訊ねた。

「彼の名は、緒方篤紀。理化学研究所の職員です。数日前から、行方が分からなくなっていました」

「そんな奴が、なぜテロリストと一緒に？」

真田には、それが分からなかった。

一般市民が、テロリストと一緒にバーにいるというのは、どうにも不自然なことのように思える。

「相変わらず、間抜けだね。ここまで聞けば、もう分かるでしょ？」

黒野がため息混じりに言う。

「分からねぇから、訊いてるんだよ」

「おそらく、彼は理化学研究所から、毒物を持ち出した。違いますか？」

そう言って、黒野は永倉に目を向けた。

「その通りです。彼が持ち出したのは、ＶＸガス２０００㎎です」

「何だそれ？」

「神経性の猛毒ガスだ。０・１㎎で人を死に至らしめる。人類が作った、最も毒性の強い化学物質だと言われている」

説明をしたのは、さっきまで口を閉ざしていた鳥居だった。

その説明で、真田は一気に背筋が凍りついた。単純計算で二万人の致死量に値する。

「何でそんなものが、日本の、しかも、理化学研究所にあるのよ」

怒りを滲ませた声で公香が言った。

それは、真田も疑問だった。毒ガスを保有する理由が見つからない。

「表向きにはされていませんが、政府からの要請で、理化学研究所には、テロ対策の一環として、毒ガスに対する防護策を研究する部署が存在していました。緒方は、その研究員だったんです」

永倉が淡々とした口調で告げる。

「防護策を研究するために、ＶＸガスを保有していた——というわけですか？」

山縣の問いかけに、永倉が大きく頷いた。

致死性の高い猛毒ガスを保有していることが明らかになれば、近隣住民からの猛反発を喰らうことになるので、黙っていたということだろう。

「つまり、この緒方って男は、テロリストに化学兵器を売ろうとしたってことか？」

真田が口にすると、何が楽しいのか、黒野がにいっと笑ってみせた。

「その通り。おそらく、今日、ホテルにいたのも、その取引の為ってところだ」

黒野の説明を聞き、ホテルでの映像でも、パトリックが手渡されたジュラルミンケースを持ち去ろうとしていたことを思い出した。

もし、あのホテルで緒方の持つＶＸガスが流出していたらと思うと、心の底からぞっとした。

状況は理解したが、真田にはまだ分からないことがあった。

「バイクの男は、何者なんだ？」

それが一番の問題だ。

緒方とテロリストの取引を邪魔し、彼らを一網打尽にしただけでなく、ＶＸガスが入っていると思われる、ジュラルミンケースを持ち去った男。

彼は、何をしようとしているのか？

「誰だろうね？　もしかして、君たちの仲間？」

黒野は、そう言いながら永倉に目を向けた。

「おそらくは、違うでしょう」

永倉は、小さく首を左右に振った。

「でも、心当りはあるんでしょ？」

黒野が質問を重ねる。

永倉は、少し逡巡するような間を開けてから、リカに視線を向けた。それを受けたリカは、小さく頷いてから口を開く。

「この男は、アレスだと思われます」

「なっ！」

リカの言葉に、驚きはしたが、同時に納得する部分もあった。

あの白髪の男なら、これくらいのことは平然とやってのけるだろう。一度やり合っただけだが、あの男の戦闘能力の高さは痛感している。

「でも、その人って、テロリストの仲間じゃなかったの？」

公香が疑問を投げかけると、黒野がふっと噴き出すようにして笑った。

「何がおかしいのよ」

食ってかかる公香を見て、黒野が小さく首を振った。

「仲間である可能性は無い」

「何でそう言い切れるんだ？」

今度は、真田が訊ねる。

「何でも何も、ホテルのバーでの一件を思い出してみなよ。彼は、パトリックと緒方を殺害しようとしていたんだ」

黒野が、おどけたように両手を広げながら言った。

説明を受けて、真田も納得した。白髪の男——アレスは、緒方とパトリックを殺そうとしていた。

「つまり、アレスはおれたちの味方ってわけか？」

真田が口にすると、黒野が大げさに頭を抱えてみせた。

「敵の敵は味方ってわけ？　本当に短絡的だね」

黒野が、真田を小バカにしたように、声を上げて笑った。反論しようかと思ったが、それより先にリカが口を開いた。

「アレスが、ムハンマドに雇われていたのは確認しています。おそらく、その過程で何らかの諍い（いさか）が生じ、対立することになったと推察します」

何があったのかは分からないが、黒野が言うように、敵の敵だからといって、味方になってくれるわけではなさそうだ。

それに、さっきの話では、アレスなる人物は愛国者と名乗る組織に属している。愛国者の目的が何であったにしろ、平然と人を殺す連中であることに変わりはない。ムハンマドのグループにも、アレスにも、緒方の保有するＶＸガスを渡すわけにはいかない。

「早く止めないと！」

勢い込んで口にした真田だったが、山縣や公香、それに鳥居は鬱々(うつうつ)とした表情を浮かべたまま、黙り込んでいる。

「簡単に言わないでよ」

しばらくの沈黙のあと、公香が口を開いた。

「え？」

「そんな連中、私たちだけで、どうにかなるわけないでしょ」

「だけど、放っておくわけにはいかないだろ？」

「そんなの分かってるわよ。でも、ノコノコ出て行ったら、返り討ちに遭うだけよ」

公香の主張は、痛いほどに分かる。

現に、ホテルのバーでの一件では手も足も出なかった。

今まで散々修羅場を潜って来たが、今回の連中は、それらとはひと味もふた味も違う。だが、それでも――。

「誰かが何とかしないと……」

「あなたたちだけに任せるつもりはありません。我々も協力させて頂きます」

永倉が、議論に終止符を打つように言った。

「え？」

真田は、驚きとともに永倉に目を向けた。

「我々の任務は、ムハンマドたちが目論むテロを阻止することですから」

言われてみればその通りだ。

「だったら、いっそ彼らに全部任せた方がいいわよ。専門家なんでしょ」

公香が早口に言った。

逃げるわけではないが、真田たちが対応するより、内閣情報調査室の面々が対応した方が、確実なように思える。

でも――本当にそれでいいのか？

「協力はしてもらう。だけど、主導権はあくまでこっちに譲って欲しいな」

黒野がゆっくりと立ち上がりながら言った。

「何でよ?」

公香がつっかかる。

黒野は、指先でメガネの位置を修正しながら、ニヤッと笑ってみせる。

「分かってないな」

「何が?」

「今まで、嫌というほど経験しただろ。彼女の予知は絶対的なものじゃない。些細なことで、大きく変わってしまう」

「だから何?」

「つまり、動く人数が多くなればなるほど、予知は流動的なものになってしまう。確実に阻止するためには、極力少人数で動くべきだ」

黒野の言い分は一理ある。

これまでもそうだった。情報が漏れたり、こちらの動きが察知されれば、予知が変わってしまう。

そうなれば、阻止するのは困難になる。

「では、どうするんだ?」

これまで沈黙を守っていた唐沢が、試すような視線を黒野に向けながら言った。

「そうだな。たとえば、彼女に手伝ってもらうってのはどう？」

そう言って、黒野はリカに目を向けた。

「本気か？」

真田は、身を乗り出すようにして言う。

「もちろん。できれば、これ以上、予知に関する情報を知る人物を増やしたくない。この中で、実行部隊として動けるのは、彼女だけだろ？」

「それは……」

黒野の意見は理に適(かな)ってはいるが、即席のチームを組んで、任務がこなせるかは疑問が残る。

「唐沢さん。それに永倉さん。どうします？」

黒野が、目を細めて二人を交互に見る。

「うちはそれで構いません」

永倉が、迷いのない口調で言った。

一方の唐沢は、すぐに結論が出せないらしく、険しい顔で押し黙っている。

「急いで決断した方がいいよ。あまり時間がないから」

黒野は、そう言いながら、タブレット端末をフリック操作して、最初に射殺された緒方が嵌めていた腕時計を拡大表示させる。

腕時計は、今日の午後十一時を表示していた。

ここに来る前に、腕時計を含めて持ち物を没収されているので、真田には今の時間が分からない。

「あと一時間――」

山縣が、自らの腕時計に目をやり、苦々しく呟(つぶや)いた。

「分かった。君の意見を採用しよう」

唐沢が、覚悟を決めた顔で大きく頷いた。

スレア

八

公香は川崎工業地帯の一角にある、倉庫の脇(わき)にハイエースを停車させた。

「たぶん、ここだと思うけど……」

カーナビの地図を確認しながら、ポツリと口にする。

多摩川沿いにある陸屋根式の倉庫だ。

人の姿はなく、明かりも点いていない。この倉庫は、既に取り壊しが決まっていて、人がいないことは事前情報として得ていた。

「あの梯子から、屋上に上がれそうだな」

助手席に座っていた鳥居が、倉庫の壁面に取り付けられている、鉄製の梯子を指差した。

「そうね」

返事をしながら、公香は車を降りる。

目を向けると、対岸に羽田空港が確認できる。距離にして、五百メートルといったところだ。

同じく車を降りた鳥居は、ハイエースのバックドアを開け、中から一メートルほどの長さのある長方形のケースを引っ張り出す。

見るからにかなりの重量がありそうだ。

「手伝うわよ」

「大丈夫だ。それより、そっちのバッグを頼む」

公香は、鳥居に指示されたバッグを手に取る。中に入っているのは、内閣情報調査室から貸与された様々な機材だ。

バッグを肩にかけると、ズシリと重かった。

鳥居は、ケースを片手に持ったまま、倉庫の壁面にある梯子に取り付き、一歩一歩、確かめるように上り始めた。

公香も、そのあとに続いて梯子を上る。

重いバッグを提げながらだったこともあり、倉庫の屋上に辿り着いたときには、びっしょりと汗をかいていた。

鳥居は、屋上の縁まで移動すると、ケースを下ろし、蓋を開ける。

中には分解した状態のライフルが納められていた。前に、見たことのある型。ドイツのH&Kが開発した高性能スナイパーライフルのPSG-1だ。

セミオートマチックのスナイパーライフルで、ボルトアクションを起こすことなく、連射が可能だ。

鳥居の持ち物ではなく、このライフルも作戦の実行に伴い、内閣情報調査室から貸与されたものだ。

「それって、実弾が入っているんでしょ?」

公香が口にすると、鳥居の頰の筋肉がピクッと撥ねた。

「そうだ。これだけの距離があると、エアライフルでは、援護ができないからな——」

鳥居は、対岸に見える空港を見据えながら言った。

その目はどこか哀しげだった。鳥居はSAT時代に、引き金を引けなかったことにより、妻を救えなかったというトラウマを抱えている。

同時に、引き金を引くことで、他人の命を奪うことに、強い抵抗感も抱いている。撃つことの重要性と、そのことでもたらされる結果の両方を知っているが故に、複雑な心境を抱えているのだろう。

何にしても、嫌なことを思い出させてしまったようだ。

「ゴメン」

「いや、気にしなくていい」

鳥居は、覚悟を決めたように、ふっと息を吐くと、手早くケースのライフルを組み立て始めた。

「鳥居さんは、どう思うの？」

公香は、バッグを下ろしながら訊ねてみた。

「何がだ？」

鳥居は、ライフルを組み立てる作業を続けながら答える。

「今回の作戦――」

あのあと、黒野によって作戦が立案された。

山縣はリカと組んで、現場となる立体駐車場に侵入して、緒方と彼の持つジュラルミンケースを押さえる。

そして、真田と黒野は、現場に到着する前のバイクの男――アレスを妨害する。

公香と鳥居は、倉庫の屋上から、ライフル狙撃でその二つのチームをバックアップすることになる。

「現状では、最善の策だ」

ライフルの組み立てを終えた鳥居が言った。

「本気で、そう思ってる？」

「ああ。他に手はない」

「そうだけど……」

「納得できないという顔をしているな」

公香の心の底を見透かしたように、鳥居が言った。

寡黙で、感情の起伏が少ない鳥居だが、他人の感情を察する鋭さは、なかなかのものだ。狙撃手としての特性なのかもしれない。

「納得はしてるわよ……」

そう言いながらも、声に不満が滲んでいるのが自分でも分かる。

「嘘が下手だな」

鳥居が目尻に皺を寄せ、小さく笑った。

「別に、嘘を吐いてるわけじゃないわよ。ただ、ちょっと心配なだけ」

「真田たちか？」

「まあ、それもあるけど……」

真田たちの役目は、志乃の予知に出て来た、殺害の実行者であるバイクの男を妨害することだ。

相手の男が、相当な戦闘能力を持っていることは明らかだ。いつものように、無茶をしたら、今度こそ無事では済まないだろう。

だが、公香の心配は、真田のことだけではなかった。

「山縣さんか」

鳥居は、呟くように言いながら、ライフルに暗闇でも見ることができる暗視スコープを装着する。

「ええ」

「心配することではない。彼女は、訓練を受けた兵士なのだろう？」

詳しいことは知らないが、鳥居の言う通り、リカが戦闘を含め、あらゆるトレーニングを積んだプロフェッショナルであることは明らかだ。

スキルだけでいえば、公香と行動するより安全かもしれないが、公香が案じているのは、そういうことではない。

「彼女、信頼できるのかしら？」

それが、公香の一番の心配事だった。

もし、彼女が裏切るようなことになれば――と想像すると、いてもたってもいられなかった。

「山縣さんも、それは分かっているさ」

「え？」

「君も、山縣さんの性格は知っているだろ。念には念を入れて、二重三重に対策を考える知略家だ。彼女が裏切る可能性は、視野に入れて行動しているさ」

「確かにそうね」

「それに、信頼できると踏んだから、彼女と行動しているはずだ」

「そうだといいんだけど……」

「気持ちは分からんでもないが、そうならないためにも、ここから私たちが、しっかりとバックアップしないとな」

そう言いながら、鳥居はライフルのスタンドを立てて、セッティングすると、伏射の姿勢になり、スコープを覗き込む。

鳥居の言う通りだ。今は、先のことをあれこれと案じている場合ではない。自分たちがここからしっかりと守ってやらなければ、作戦の成功はあり得ない。

色々とあり過ぎて、少しナーバスになっていたようだ。

こういうとき、感情に流されることなく、正確に、かつ迅速に行動ができる鳥居がいてくれるのは、本当にありがたい。

「そうね」

公香は、気持ちを切り替えて口にした。

自分はここで呆けている場合ではない。観測者として、狙撃手である鳥居のバックアップをする必要がある。

公香は、バッグの中から必要機材を取り出し、セッティングを始めた。

九

真田は、バイクを走らせていた――。

内閣情報調査室が手配したバイク、ＨＯＮＤＡのＣＢ１３００だ。

ホンダのスポーツモデルの血統である「ＣＢ」の名を冠した頂点のモデルで、白バイとしても採用されているだけあって、排気量が大きいわりに扱い易（やす）い。

整備が行き届いていて、クセがないのもいい。

エンジンの震動と、駆け抜けていく風を受け、アドレナリンが放出され、感情が昂（たか）ぶっていく。

〈高速を降りて、環八通りに入って、横浜方面に――〉

イヤホンマイクから、タンデムシートに乗る黒野の声が聞こえて来た。

「了解」

真田は指示されるままに、高速を降り、料金所を通過して環八通りに入る。

そのまま、モノレールに沿って品川方面に進む。

「なあ。何で空港の立体駐車場だって分かったんだ？」

作戦の立案にあたり、黒野は、犯行現場が羽田空港の立体駐車場であることを見抜いてしまった。

だが、その理由については、まだ聞いていなかった。

〈君は、本当に何も見ていないんだね。たぶん、気付いていないのは君だけだよ〉

小バカにしたような、黒野の声が返って来た。

「うるせぇ。いいから教えろ」

〈簡単な話だよ。壁に貼られたプレートに書いてあった〉

黒野の一言で、「ああ」と納得する。

言われてみれば、プレートが映っていたような気がする。どうりで、現場が羽田空港であることを、みんな当たり前のように受容れるわけだ。

〈そんな注意力じゃ、簡単に殺されちゃうよ〉

黒野は、おどけた調子で言った。

「分かってる」

真田は、そう応じながら改めて気を引き締めた。

映像に映っていたバイクの男――あれが、ホテルの屋上でやり合ったあの白髪の男だとしたら、一筋縄ではいかない。

「なあ。あのアレスって奴は、何者なんだ？」

真田が訊ねると、黒野がふんっと鼻で笑った。

〈さあね。でも、あの動きからして、相当に訓練を積んでいることは確かだ。それに……〉

「何だ？」

〈クロノスシステムを、知っている風だったのも引っかかる〉

「そうだな……」

屋上での一件のとき、アレスは真田を宙づりにして黒野の動きを封じた上で、情報を引き出すという手段に出た。

黒野が、揺さぶりのつもりで口にしたクロノスシステムのことを、アレスは知っていたのだ。

――なぜ機密性の高いクロノスシステムのことを知っていたのか？

それに、情報を引き出したあと、アレスが真田と黒野を殺さなかったことも引っかかる。その機会はいくらでもあったはずだ。

敢えて、真田と黒野を生かしておいたように思えてならない。

〈まあ、彼が愛国者の構成員だとしたら、知っていてもおかしくはない〉

「何でそうなるんだ?」

〈さっきも言ったけど、愛国者の構成員は、政治家や官僚の中にも紛れている〉

「情報は、いくらでも手に入るってわけか」

〈そういうこと〉

「でも、本当に愛国者なんて秘密結社が存在するのか?」

〈さあね。これまでは、目立った活動もしていなかったから、噂(うわさ)の域を出なかった〉

「だが、今回は動いた——」

〈もしかしたら、以前から動いてはいたけど、ぼくたちが気付かなかっただけかもしれない〉

「そうかもしれないな」

何にしても、今ここで愛国者について、あれこれ考えたところで結論が出るわけではない。

それより、アレスとどう渡り合うかを考えた方がいい。

真田の脳裡(のうり)に、アレスの顔が浮かんだ。

狂気とも、冷酷とも違う。空虚と表現した方がいいだろう。機械を相手にしているような感覚だった。

〈今、アレスとやり合おうって思っただろ〉

黒野が、真田の考えを読んだように言った。

こういう察しのいいところも、黒野の嫌なところの一つだ。

「捕まえて口を割らせれば、色々と謎が解ける。それに、屋上での借りも返してないしな」

真田が言い終わるなり、黒野が声を上げて笑った。

「何がおかしい？」

〈ぼくたちの任務は、あくまで妨害だ。つまり、山縣さんたちが、緒方を押さえるまでの時間稼ぎなんだよ〉

「そんなことは分かってる。でも、みすみす逃がす手はねぇだろ」

〈無鉄砲というより、バカだね〉

「何！」

〈残念だけど、ぼくたちじゃ、アレスには勝てない。血祭りに上げられるだけだ〉

「やってみなきゃ、分からないだろう！」

〈分かるから言ってるんだよ〉

「随分と弱気じゃねぇか」

〈何とでも言いなよ。悪いけど、君やぼく程度では、彼には絶対に勝てない〉

黒野が自信に満ちた声で言った。

分析能力の高い黒野のことだ。根拠があっての発言なのだろう。だが、それでも、簡単に負けを認めるのは癪に障る。

「やり方次第では、どうにかなるさ。それに、テロを防ぐなら、あの男を倒さなきゃならないだろ」

〈そこが、頭の痛いところだね〉

「は？」

〈あれは、ぼくたちの手に負える代物じゃないんだよね〉

黒野がため息混じりに言った。

どんな悪い状況の中でも、持ち前の頭脳で活路を見出して来た黒野が、ここまで頭を悩ませている。

そこには、何かしらの根拠があるように思えた。

「お前、やっぱり、アレスのこと何か知ってるんじゃねぇのか？」

〈さあね〉

「知ってるなら教えろ」

〈そんなことより、この先のビルの脇辺りで止まって〉

黒野が、真田のヘルメットをポンポンと叩く。

はぐらかされたようで釈然としないが、黒野のことだから、これ以上追及したところで、何も答えはしないだろう。

真田は諦めて、指示に従ってバイクを停車させた。

〈真田。聞こえてる――〉

計ったようなタイミングで、公香からの無線が入った。

「ああ。聞こえてるぜ」

〈こっちは位置についたわよ〉

「こっちも、スタンバイできた」

〈あとは、山縣さんね〉

「そうだな」

視線を上げると、すぐ近くに犯行現場となる立体駐車場が確認できた。おそらく、今頃、山縣たちが侵入しているだろう。

ふと、真田の脳裡に、ホテルでの光景が蘇る。

パトリックを射殺したとき、リカは全くの無表情だった。空虚な目で、ただ作業をこなすように人を撃ち殺した。

――あの女は、信用できるのか？

真田の中でその疑問が膨れ上がり、それは大きな不安へとかたちを変えた。

「なあ。ここで待ってれば、テロリストたちの車も通るってことだろ。それを、ここで押さえるってのはダメなのか？」

真田が言うと、黒野がふんっと鼻を鳴らした。

「それはないね」

「どうして？」

駐車場までは一本道だ。辿(たど)り着くまでには、必ずこの道路を通過するはずだ。

「彼らは、すでに駐車場の別のフロアで待機している」

「何で、そうだって分かるんだ？」

「重要な取引において、事前に現地に赴き、監視や尾行の有無を確認するのはセオリーだよ。君も、少しは頭を使うようにした方がいい」

「なるほど」

言い方は気に入らないが、言われてみればその通りかもしれない。

「そんなことより、ぼくらの獲物が来たよ」

黒野に言われて目を向けると、真っ直ぐに走って来るバイクのヘッドライトが見えた。

――いよいよか。

真田がバイクのエンジンを回すと、黒野がタンデムシートに飛び乗った。

〈あくまで、目的は陽動だ。それを忘れないでよ〉

「分かってる」

真田は、返事をしながら近付いてくるバイクのヘッドライトを睨み付けた。

十

山縣は、立体駐車場の非常階段に駆け寄った。

チラリと視線を向けると、すぐ後ろにリカがついて来ている。

「準備はいいか？」

山縣が訊ねると、リカは小さく頷いた。

それに頷き返したあと、山縣は非常階段に足をかけた。が、すぐにリカに呼び止められた。

「素手で行くつもりですか？」

そう訊ねて来たリカの手には、グロック19が握られていた。

軽量で取り回しが良く、十六発もの弾丸を装塡できるオートマチック拳銃で、世界各国の軍隊で制式採用されている。

「できれば、銃は使いたくないんだ」

山縣が、苦笑いとともに言うと、リカが驚愕ともいえる表情を浮かべた。

「本気ですか？」

「ああ。撃たずに済むなら、そうしたい」

「そんな甘いことを言っていて、よく今まで生きてこられましたね」

「運が良かったのかもしれない」

山縣が口にすると、リカが呆れたように長いため息を吐いた。

「冗談を言っている場合ではありません。あなたが死ぬのは勝手ですが、任務に支障をきたします」

リカがキッパリと言う。

命より、任務を優先させる物言いに違和感を覚えたが、それを指摘はしなかった。

「分かったよ」

山縣は腰のホルスターに挿してあった旧式のリボルバー、ニューナンブを抜いた。

「そんな銃で……」

リカが唖然とした顔で言う。

山縣の持つニューナンブは、五発しか弾丸を装填できない。射程も、破壊力も、グロックと比べて圧倒的に落ちる。だが――。

「弾数や破壊力が全てではない。要は使いようだよ」

山縣は、そう言ってから階段を駆け上がった。

目的の七階に到着したときには、びっしょりと汗をかき、息が切れていたが、リカの方は平然としている。

かなり厳しいトレーニングを積んで来たことが分かる。

山縣は、深呼吸をして息を整えてから、駐車場へと通じるドアの前まで歩みを進めた。

「目的地に到着した」

無線機につないだイヤホンマイクに向かって呼びかける。

〈了解。こっちも、もう準備ができているわよ〉

すぐに公香からの応答があった。

「状況はどうだ？」

〈ターゲットの緒方は、もう駐車場に到着しているわ。鳥居さんが、捕捉している〉

「分かった」

〈それで……そっちは大丈夫？〉

いかにも心配そうに公香が訊ねて来た。

曖昧な言い回しだが、山縣はすぐに何のことかを察した。おそらく公香は、リカのことを訊ねているのだろう。

リカも無線を聞いているので、遠回しな訊ね方になっている。

「ああ。問題はない」

山縣は改めてリカに目を向けた。

年齢は、おそらく二十代半ばといったところだろう。化粧っ気がなく、整った眉の下にある双眸は、鋭くはあるが、どこまでも暗かった。

リカのような年齢であれば、ファッションや、異性との恋愛に夢中になっている女性が多いだろう。

女性としての輝きを放つ時期のように思える。

それなのに、彼女は銃を携え、国のために極秘任務に従事し、必要とあらば自らの命をかけ、他人の命を奪う。

――なぜ、彼女はこんな生き方を選んだのだろう？

山縣の中に、ふとそんな疑問が浮かんだ。

いったいどこで生まれ、どんな風に育ち、そして何を体験すれば、こんな目をするようになるのだろう。

山縣は、そこに言い知れぬ闇のようなものを感じた。

「どうかしましたか？」

リカが、抑揚のない声で訊ねて来た。

「いや、何でもない……」

山縣は、苦笑いとともに頭を振った。

こんなときでなければ、彼女に何があったのか色々と聞いてみたいところだが、今はそれをしているときではない。

それに、今から危険な任務に挑むのだ。極力、雑念を払っておかなければならない。

「これからターゲットと接触する」

山縣は気持ちを切り替え、無線に向かって言った。

〈気を付けてね〉

「分かっている」

通信を終え、駐車場へと通じるドアを開けようとした山縣だったが、リカがすぐにそれを制した。

「ムハンマドたちの一味が現われるまで待ちましょう」

リカが小声で告げる。

「どうしてだ?」

ムハンマドの一味が到着してからでは、対応しきれない。

「ここで緒方を押さえても、ムハンマドたちの一味を捕らえることができなければ、テロを阻止することにはなりません」

リカの言う理屈は分かる。

緒方を押さえれば、ムハンマドたちはその動きを察知し、この場所には現われないだろう。

双方を押さえるためには、ムハンマドが現われるのを待ってから仕掛けた方がいい。

しかし、それを実行するためには、圧倒的に人数が欠けている。

ムハンマドたちの一味が、武器を携帯していることは明白だ。しかも三人もいる。

それを、たった二人で制圧するのは無理がある。

「緒方を押さえることが優先だ」

「それでは、根本的な解決になりません」

リカの言い分は一理ある。

ここで緒方を押さえたところで、テロが阻止できるわけではない。しかし——。

「犠牲を出すわけにはいかない」

「国の為に犠牲になることは厭いません」

「そういう問題じゃない」

「あなたたちも、組織に属して任務を遂行している以上、それに見合った責任と覚悟を持つべきです」

リカの言葉に、山縣はある種の衝撃を受けた。

確かに、山縣にはリカのような覚悟がない。志乃の為に——と流されるままに、組織に属し、任務をこなしているからだ。

だから任務の遂行より、リスクを回避しようとするし、真田たちを守ることを大前提にしている。

「私は……」

〈山縣さん。何やってるの？　例のSUVらしき車が、そっちに向かってるわよ〉

イヤホンマイクから、切迫した公香の声が飛び込んで来た。

リカとの口論で思いがけず時間を浪費し、接触のタイミングを外してしまったらしいが、まだ間に合う。

「すぐに行く！」

山縣は、そう告げるとリカを押し退け、ドアを開けて駐車場に飛び込んだ。

十メートルほど先にある柱の前に立っていた緒方が、何ごとかと飛び跳ねるようにして顔を向けた。

目が合った――。

本当なら、気付かれずに接近して押さえたかったが、こうなってしまったら仕方ない。

山縣は、緒方に向かって駆け出す。

驚きの表情を浮かべ硬直した緒方だったが、すぐに踵を返して逃走を図る。距離があるので、このままでは逃げられてしまう。

「止まれ！」

山縣は、威嚇として天井に向かって発砲した。

銃声が幾重にも反響する。緒方がビクッと身体を震わせてから、動きを止める。

「そのまま、ゆっくりとこちらを向け」

山縣が鋭く告げると、緒方がゆっくりと身体を向けた。

こうやって改めて見ると、痩せこけていて、いかにも気の弱そうな男だった。なぜ、こんな男がテロリストとかかわりを持とうと思ったのか？

山縣は、疑問に思いながらも、ゆっくりと緒方に歩みを進める。

あと少しで手が届くというところで、強い光が浴びせられ、目眩がした。

黒いＳＵＶが、猛スピードで山縣に突進してくる。

山縣は、素速く床を転がり、すれすれのところでＳＵＶをかわした。

ＳＵＶは、タイヤを鳴らしながら急停車する。

次いで後部座席のドアが開き、中から自動小銃を装備した男が二人飛び出して来た。

ＡＫ47アサルトライフルだ。

――しまった！

銃声が轟く中、山縣は柱の陰に身を隠した。

十一

「ちょっと！　どういうこと！」

暗視機能付の双眼鏡で、立体駐車場の様子を窺っていた公香は、悲痛な叫び声を上げた。

黒いＳＵＶが、山縣に向かって突進して行くのが見えた。

柱が邪魔になり、そのあとどうなったのか、判然としなかった。

――山縣は無事なのだろうか？

「山縣さんは、大丈夫だ」

鳥居が、伏射の姿勢で暗視スコープを覗きながら言った。

「良かった……」

ほっとしたのも束の間、無線機を通して、耳をつんざくような激しい銃撃音が飛び込んできた。

「山縣さん！　何があったの？」

無線に向かって必死に呼びかけてみたが、返答はない。

「今から、援護する。観測を頼む」

鳥居が緊張感に満ちた声で鋭く言う。

そうだった。こんなときだからこそ、自分の役割を全うする必要がある。そうでなければ、山縣を助けることはできない。

「北西から風速四メートル。湿度は七十パーセント……」

公香は、双眼鏡を覗き、表示されたデータを読み上げる。

長距離の狙撃の場合、風速や湿度、それに地球の自転など、様々な要因によって着弾地点にズレが生じる。

それを正確に伝え、狙撃後の誤差を修正させるのが、観測者である公香の役割だ。

鳥居がわずかに銃身を動かし、狙いを定め、ゆっくりとトリガーに指をかける。

公香は、息を止めてじっとその姿を見守った。

鳥居がトリガーにかけた指を引き絞ろうとしたところで、どこからともなく、ヘリコプターと思われるローターの音が聞こえて来た。

ここは空港が近い。ヘリコプターなどは、飛行禁止になっている区域のはずだ。

音はどんどんと近付いて来る。

――何？

視線を走らせると、五十メートルほど上空でホバリングしている物体が見えた。

左右に翼があり、その先にそれぞれプロペラを装備している。アメリカ軍が配備を進めているオスプレイに形状が似ているが、それにしては小さい。全長が五メートルほどしかない。

公香は、暗視機能付の双眼鏡を向ける。

人が乗るようなコックピットがない。遠隔地から、操縦しているということだろうか？

そして、小型のヘリコプターと思われるその機体の胴体部分には、可動式の重機関銃が装備されていた。

銃口が、ゆっくりとこちらに向けられる。

あんな大口径の機関銃で銃撃されたら、身体がミンチになる。

――マズイ！

そう思うなり、公香は鳥居の腕を摑んだ。

射撃を阻害された鳥居が、苛立ちに満ちた視線を向けて来るが、それに構っている余裕はなかった。

「逃げるのよ！」

「え？」

「早く！」

公香は、ホバリングしているヘリを指差して叫ぶ。

それを見て、鳥居はすぐに状況を察したらしく、素速く立ち上がり、走り出した。

公香もそのあとに続く。

それを追いかけるように、自動小銃が唸りを上げる。

猛烈な勢いで吐き出された弾丸は、白い煙を巻き上げながらコンクリートの屋根を穿つ。

公香と鳥居は、必死の思いで変電設備の陰に身を隠した。

銃声が止んだ——。

「あれは、何なの？」

公香は怒りとともに口にした。

「ＵＡＶだ」

「何それ？」

「Ｕｎｍａｎｎｅｄ Ａｅｒｉａｌ Ｖｅｈｉｃｌｅ、つまり、無人航空機のことだ。遠隔操作で偵察や攻撃を行う」

「ラジコンみたいなもの？」

「まあ、そんなものだ。見たところ、あれはベル社のイーグルアイだ。アメリカが導入を進めていたが、途中で保留になった。配備されなかった機体が、闇に流れたと聞いていたが、まさか、こんなところでお目にかかるとは……」

鳥居が早口に言う。

必死に逃げ惑っただけの公香と違い、鳥居はこのバタバタの中でも、機体を確認していたらしい。

「撃ち落とすとかできないの？」

公香は、鳥居が抱えているPSG－1に目を向けた。

鳥居ほどの腕があれば、狙い撃ちにすることはできるはずだという期待があったが、彼の反応は芳しいものではなかった。

「この位置からでは無理だな。狙いを定めている間に、蜂の巣にされる」

鳥居の言う通りかもしれない。

変電設備の陰では、ライフルを構えるスペースはない。ここを出たとしても、開けた屋上で立ち止まれば、ただの的だ。

だが、方法がないわけではない。

「たとえば、私が囮になるとか……」

公香は、震える声で言った。

今、自分が飛び出して行って、ヘリの注意を引くことができれば、その間に鳥居が狙いを定めることは可能だ。

「バカは止せ！」

「だけど、他に方法がないでしょ？」

「ライフルで反撃したところで、機体の外板に穴を空ける程度だ。撃墜することは、難しい」

「そんな……じゃあ、どうしろっていうの？」

「今、考えている」

二人の言い合いを遮るように、イーグルアイのローター音が近付いて来た。

——しまった。

思ったときには遅かった。

イーグルアイは、左右のローターを水平方向に転回して、回り込んで来ていた。

「なっ！」

再びローターを垂直に可動させたイーグルアイは、ホバリングをしながら公香たちに鼻先を向ける。

「来い！」

鳥居が、公香の手を取って駆け出す。

ヘリから放たれたのは、さっきまでの自動小銃の弾丸ではなく、小型のミサイルだった。

鳥居に手を引かれるままに、倉庫の屋上から海に向かって飛び降りる。

それと同時に、背後で爆音を聞いた——。

十二

エンジンを回して、スタンバイする真田の目の前を、バイクが駆け抜けて行った。

予知夢の映像でも確認している。ＢＭＷのＨＰ４だ。

乗っているのは、黒いライダージャケットに白いヘルメットの男。ターゲットに間違いない。

〈追いかけるよ〉

「分かってるって！」

真田は、クラッチをつないで、バイクを急加速させる。

一気に距離を詰めようとしたが、向こうもこちらの存在に気付いたのか、バイクを加速させる。

何とか食らいついているが、こちらはタンデムに黒野を乗せているので、スピードが乗らない。どう頑張っても、直線道路では分が悪い。

「このままだと引き離される」

真田が言うと、イヤホンマイクから、黒野が小さく笑う声が漏れ聞こえた。

〈考えがある〉

「考え？」

〈このまま、真っ直ぐ。揺らさないでよ〉

「何をする気だ？」

真田の問いに答えることなく、黒野は真田の肩に手を置き、それを支えにタンデムシートの上に立ち上がった。

「正気かよ！」

真田は、驚きとともに口にした。

タンデムシートの上に立った黒野は、拳銃を抜いて構える。

手放しで走行中のバイクのタンデムシートの上に立っている状態だ。少しでもバランスを崩せば、たちまちアスファルトの上に放り出されてしまうだろう。

まるでサーカスの曲乗りだ。

真っ直ぐ走るだけなら問題はないが、厄介なことに、道路には他の車も走っている。急ハンドルはもちろん、急加速や減速も、即命取りになる。

真田は、黒野を振り落さないように慎重に、だが、確実に前を行くバイクと一直線に並ぶような進路をとる。

黒野がトリガーを引こうとしたまさにその瞬間、前を行くHP4がタイヤを鳴らしながらドリフトターンを決めた。

この速度で、いきなりターンを決めるなど、並の技術ではない。

驚嘆している間にも、白いヘルメットの男は、バイクに跨(またが)ったまま拳銃を抜き、真田たちに向かって迷うことなく発砲した。

「掴まれ！」

真田が叫ぶと、黒野が素速くタンデムシートに座り直した。ハングオンして、強引に車線を変更する。

なんとかかわすことができたが、白いヘルメットの男は、改めて銃を構えていた。このまま走っていては、格好の的になる。

「振り落されんなよ！」

〈分かってるよ〉

真田は、バイクの前輪を上げ、ウィリーさせると、そのままバイクの車体を盾にするようにして、白いヘルメットの男の脇を走り抜けた。

〈君は、ぼくを殺す気か?〉

黒野が、すかさず文句を言ってきた。

どうやら、振り落とされずにいたようだ。

「何だ。生きてたのか?」

〈強がるなよ〉

「何?」

〈ぼくが死んだら、哀しくて泣いちゃうんだろ〉

「誰が泣くかよ!」

〈冗談はさておき、追って来たよ——〉

サイドミラーに目を向けると、猛追してくる白いヘルメットの男が見えた。厄介なことに、男は片手運転をしながら、拳銃を構えていた。

このスピードでバイクを運転しながら拳銃を構えるとは、なかなか厄介な野郎だ。

白いヘルメットの男の指が、トリガーにかかる。

真田が素速く車体を傾けるのと、銃口が火を噴くのが、ほぼ同時だった。

バリンッという音とともに、サイドミラーが弾け飛んだ。

——危なかった！

反応が少しでも遅れていたら、一巻の終わりだった。

〈どうする？　このままだとヤバイよ〉

黒野の声には、緊迫感がなかった。まるで、真田のことを試しているような口調だ。

「分かってる。しっかり摑まってろよ」

黒野が、体勢を変えるのを待ってから、真田はギアを一気に下げ、エンジンブレーキをかけてバイクを急減速させる。

白いヘルメットの男が乗るバイクと、横並びになった。

黒野が、拳銃を構える。

こうなれば、圧倒的にこっちが有利だ。そう思った矢先、白いヘルメットの男は、想定外の行動に出た。

バイクごと、真田たちにぶつかって来た。

衝突する瞬間、白いヘルメットの男はバイクから飛び降りる。

真田は、反応が一歩遅れた。

バイクの体当たりを受け、そのままバランスを崩して転倒し、アスファルトの道路に投げ出されてしまった。

身体のあちこちに衝撃が走り、意識が飛んだ。

鳴り響くクラクションで、真田ははっと覚醒した。

どうやら、仰向けに倒れているらしかった。節々に走る痛みを堪えて身体を起こすと、ガードレールに激突して大破している二台のバイクが見えた。

ガソリンタンクに火が点いたのか、赤い炎と黒煙を撒き散らしながら燃えている。

――また、やっちまった。

真田は、ヘルメットを脱いで立ち上がる。

「黒野……」

その姿を捜して、辺りを見回す。

十メートルほど離れたところに、うつ伏せに倒れている人影を見つけた。

「黒野！」

真田は、ヘルメットを投げ出して黒野に駆け寄ると、屈み込んでシールドを上げた。

黒野は、目を閉じたまま動かない。

「しっかりしろ！　おい！　黒野！」

いくら呼びかけても、黒野はぐったりとしたままで、何の反応もなかった。

――冗談じゃねぇぞ！

呼吸と脈を確認しようとした真田の背後に、誰かが立つ気配がした。

素速く振り返る真田の眼前に、銃口が向けられていた。

S&WモデルM&P45。アメリカ軍の特殊部隊が制式採用している45口径の軍用拳銃だ。こんな至近距離で撃たれたら、身体に風穴が空く。

視線を上げると、そこには白髪の男――アレスが立っていた。

「お前……」

睨み付ける真田を、アレスは空虚な目で見下ろしていた。

十三

山縣は柱の陰に身を隠し、銃撃をやり過ごした。

しかし、いつまでもここに身を隠しているわけにはいかない。回り込まれれば、それで終わりだ。

持っている拳銃は、旧式のリボルバーだ。AK47で武装した複数の敵を相手にするには、あまりに脆弱な武器だ。

唯一の頼みの綱は、鳥居の援護射撃だ。

「公香。鳥居君。聞こえているか？」

無線につないだイヤホンマイクで呼びかけるが、反応はなかった。

嫌な予感が胸を過ぎる。

無線機の故障だと思おうとしたが、その可能性は極めて低い。暗視スコープで駐車場を監視しているはずだから、こちらの状況は伝わっているはずだ。

にもかかわらず、何の動きもないということは、何かしらのトラブルが発生したということだろう。

気にはなるが、まずはこの状況をどうにかしなければならない。

わずかに顔を出し、向こうの様子を窺う。

ＡＫ47を持った男二人が、ゆっくりとこちらに近付いて来るのが見えた。

さらに視線を走らせると、ジュラルミンケースを胸の前で抱えた緒方が、車の陰に隠れてぶるぶると震えている。

男たちを退けつつ、緒方を保護し、ジュラルミンケースの中に入っているＶＸガスを回収する——対処すべき行動を反復してみたが、とてもではないが実行できそうにない。

——ではどうする？

考えがまとまる前に、男の一人が顔を出した山縣に向けて銃を乱射した。

慌てて、顔を引っ込める。

ふっと息を吐き、両手でリボルバーを握り締める。

こうなったら、真田ではないが、一か八かに懸けるしかない。

山縣は覚悟を決めると、男たちに向かって銃を撃ちながら、柱の陰から飛び出した。

狙いなど定めていない。ただ、威嚇になればいい。

一瞬は、怯んでくれたが、すぐに連続した射撃音とともに、無数の弾丸が撃ち出され、柱や車に次々と穴を穿つ。

山縣は、弾丸の雨をかいくぐるように走り、車の陰に隠れる緒方に駆け寄った。

「ひぃ！」

緒方は、小さく悲鳴を上げて逃げだそうとする。

「待て！」

山縣はすぐに緒方の腕を摑んで、それを押さえた。

ここで、ノコノコと出て行っては、緒方も彼らに殺される可能性がある。彼と、彼の持つジュラルミンケースの中身だけは、何としても確保しなければならない。

「なっ、何なんだ。あんたらは……」

緒方が、怯えた口調で言う。

「私は、警察の人間です。あなたを助けに来ました」

落ち着かせるつもりで言ったのだが、山縣はその言葉のチョイスを間違えたとすぐに察した。

緒方は、テロリストと取引をしようとしていた男だ。そんな相手に、警察を名乗れば、警戒心を強めるだけだ。まして、緒方は突然の状況に、混乱状態にある。

「離せ！」

緒方は、山縣の手を振り払い、車の陰から飛び出して行った。

「待て！」

すぐにあとを追いかけようとしたが、AK47が火を噴き、車のあちこちに着弾する。

山縣は、再び車の陰に身を隠すことになった。

——緒方はどうなった？

砕けたサイドミラーが、足許に落ちていた。山縣は、それを使って様子を窺う。

緒方は、テロリストたちと何ごとかを話したあと、ジュラルミンケースを彼らに手渡した。

次の瞬間、緒方の頭が血飛沫(ちしぶき)とともに吹き飛んだ。

テロリストの一人が、緒方の頭を容赦なく撃ち抜いたのだ。

緒方は、自分の行動が、どんな結果をもたらすか分かった上で、テロリストに接触したのか？　それとも、そこまで考えが及んでいないのか？

何にしても、彼を救うことはできなかった――。

再び、サイドミラーを使って様子を見た山縣の目に、とんでもないものが飛び込んで来た。

男たちのうちの一人が、手榴弾(しゅりゅうだん)のピンを抜き、山縣の隠れている車に向かって放り投げたのだ。

手榴弾は、車のボンネットに当たり、そのまま地面に転がった。

「くっ」

なりふり構わず逃げ出した山縣の背後で爆音がした。

気付いたときには、熱風とともに宙を舞い、背中から地面に叩(たた)きつけられていた。

二人の男たちが、近付いて来る。

起き上がろうとしたが、痛みで身体が思うように動かなかった。反撃しようにも、今の衝撃で、拳銃を手放してしまったらしい。

男たちが、仰向けに倒れている山縣に、ＡＫ47の銃口を向ける。

――これまでか。

脱力して、目を閉じたところで、銃声が轟いた。

男たちの自動小銃ではない。

視線を向けると、ドア口のところに銃を構えているリカの姿が見えた。

彼女の放った弾丸は、一人の男の腕に命中したらしく、彼は腕から血を流して跪いていた。

リカは、様子を窺いながら、反撃に転じる隙を狙っていたのだろう。

すぐにもう一人の男がＡＫ47を構える。

山縣は、この隙を逃すまいと、銃を撃っている男の足を蹴り払った。

不意打ちを食らい、ＡＫ47を乱射したまま男が倒れる。弾丸が蛍光灯を砕き、破片がバラバラと降ってくる。

山縣は素速く起き上がり、男からＡＫ47を奪い取ろうとしたが、別の場所から銃声が響いた。

ＳＵＶの運転席の窓が開いていて、そこから撃って来ているのだ。

山縣は、たまらず再び柱の陰に身を隠すことになった。

その間に、SUVは二人の男たちのところまで移動して来て急停車する。二人の男は、素速くSUVの後部座席に乗り込んだ。

SUVは、そのままタイヤを鳴らしながら走り去って行く。

リカが、そのあとを追いかけながら、銃を撃ったが、ガラスを砕いただけで、止めることはできなかった。

山縣は、遠ざかっていく車のテールランプを、半ば呆然(ぼうぜん)と見送ることしかできなかった。

十四

「お前は何者だ？」

真田は、銃口を突きつけられながらも、アレスを睨み付けた。

アレスは、表情一つ変えることなく、切れ長の目でじっと真田を見返している。

整った顔立ちをしてはいるが、感情が読み取れないせいか、作り物のような印象を受ける。

「君たちに、訊(き)きたいことがある」

アレスが口を開いた。

表情と同じで、無機質な声だった。

「訊きたいこと？」

「君たちの目的は何だ？」

「それは、こっちの台詞だ！　ＶＸガスを使ったテロなんて、断じてやらせない！」

真田は声を荒らげた。

「そうか――君たちは、何も分からず、ただシステムに翻弄されているようだな」

アレスが淡々とした口調で言った。

真田には、何が何だか分からないが、アレスの方は、今の言葉だけで何かを察したらしかった。

「何を言ってる？」

「もういい。用は済んだ――」

アレスが短く告げた。

真田は、息を呑む。

この展開――おそらく、アレスは今から真田を殺すのだろう。作業のように、躊躇なく、正確に真田の頭を撃ち抜く。

もはや真田に為す術はない。悔しさ、情けなさ、そして無力感——様々な感情に押し潰されて、真田はガクリと頭を垂れた。

〈もう少し、左にズレてもらえるかな——〉

イヤホンマイクから、黒野の声が聞こえて来た。

——生きていたのか！

歓喜とともに、振り返ろうとしたが、ぐっと堪えた。ここで動けば、黒野の作戦がふいになる。

黒野は、死んだふりをして、反撃の機会を窺っていたのだ。

「悪いけど、ただで殺されるわけにはいかねぇな！」

真田は、顔を上げてアレスを睨め付けた。

「形勢逆転できると？」

「やってみなきゃ、分かんねぇだろ」

「もし、そこで死んだふりをしている仲間を当てにしているなら、止めた方がいい」

アレスが冷淡に言った。

——全てお見通しというわけか！

それでも、黒野が素速く動き、拳銃を構えた。しかし、アレスが引き金を引く方が早かった。

銃声とともに、黒野の手から拳銃が滑り落ちる。

――万策に尽きた。

だが、銃口を黒野に向けたことで、アレスに一瞬の隙が生まれた。

真田は素速く立ち上がり、アレスに向かって左右のパンチを繰り出した。しかし、二発とも空を切る。

それどころか、ボディーに強烈な膝蹴り(ひざげ)りをもらった。

よろよろとバランスを崩しながらも、真田は何とか踏ん張る。

胃の中にあるものを、全部ぶちまけてしまいそうなほど、重く強烈な一撃だった。

――何とかしねぇと。

そう思う反面、身体の芯(しん)が震えていた。頭でいくら抗(あらが)っても、細胞の一つ一つが、この男には勝てないことを悟っているようだった。それでも――。

「うぉぉ!」

真田は、再びアレスに殴りかかった。

パンチやキックを連続して繰り出したが、その全てがことごとくかわされてしまった。

まるで、幻と闘っているかのような手応えのなさだ。

何とか摑みかかろうとしたところで、再びボディーに強烈な痛みが走った。

今度は、踏ん張りが利かず、思わず片膝を落とした。

「無謀だな」

アレスが、息を切らす真田に、冷ややかな視線を向ける。

これほどまでの実力差があるとは、思ってもいなかった。歯が立たないとは、まさにこのことだ。

一矢報いるどころか、身体に触れることすらままならない。

「クソッ！」

——こんなところで、倒れるわけにはいかない！

真田は、沈み込む気持ちを奮い立たせ、渾身の力を込めて、右の拳を打ち出した。

が、それもあっさりとかわされてしまう。

前のめりになった真田の喉を、アレスがぎゅっと摑む。

必死に離れようと暴れてみたがダメだった。そうすればするほど息が詰まり、意識が遠のいていく。

アレスは、苦しんでいる真田に、ずいっと顔を近付け囁いた。

「クロノスシステムに、翻弄されるな」

——どういうことだ？

意味を問い質(ただ)すより先に、真田の身体は宙を舞い、背中から地面に叩きつけられた。

一瞬、目の前が真っ暗になる——。

「ぐっ……」

真田は、身体に走る強烈な痛みを堪えながら、どうにか身体を起こした。

「ようやく、お目覚めだね」

声に反応して目を向けると、黒野が屈(かが)み込んで真田の顔を覗(のぞ)き込んでいた。

「お目覚め？　奴(やつ)はどこに行った！」

真田が、必死に辺りを見回す。

よく見ると、真田は処置室と思われる部屋のベッドの上だった。アスファルトの道路の上に倒されたはずなのに——。

「もう、姿を消したよ」

「何？」

「君は、あいつにのされて、二時間ほどおねんねしてたんだよ」

黒野が、いつものニヤケ顔で言う。

ほんの一瞬のつもりだったが、ずいぶんと長い間、意識を失っていたらしい。

見ると、額や腕は包帯やガーゼで治療されていた。黒野も、右手に包帯を巻いている。搬送されて、治療を受けたということらしい。

自分の状況を認識すると同時に、疑問が浮かび上がった。

「なぜ、あいつは、おれたちを殺さなかった？」

真田には、それが分からなかった。

「簡単だよ。リカちゃんが救援を要請して、ＳＴＵのエージェントが、駆けつけたってわけ」

黒野がおどけた調子で言った。

応援が駆けつけなければ、確実に死んでいたというわけだ。

「山縣さんたちはどうなった？」

「みんな大変な目に遭ったようだけど、少なくとも君よりは軽傷で済んでいるよ」

黒野が、ヘラヘラと笑いながら真田の額のガーゼを指先で突いた。

「痛っ！」

痛がる真田を見て、黒野が声を上げて笑う。

――本当に嫌な野郎だ。

何にしても、無事で良かった。

「それで、みんなは今どうしてる？」

「山縣さんは、唐沢さんと会議。鳥居さんは、一旦、帰った。公香さんは、リカちゃんを連れて屋敷に戻ったはずだ」

黒野が淡々とした調子で説明する。

「何で、あの女を連れて行くんだ？」

「上の判断だよ。彼女は、一時的にうちのチームに編入ってことになるんじゃないかな」

「腑に落ちねぇ」

真田は、吐き捨てるように言った。

「そう言うなよ。彼女が応援を呼んでくれなければ、ぼくたちは死んでいたんだ。それに、山縣さんも彼女に助けられたみたいだし」

黒野が、おどけたように肩を竦めてみせる。

そう言われると、真田には、もう返す言葉がない。ため息を吐いたところで、一番肝心なことを思い出した。

「緒方は、どうなったんだ？」

「頭を撃ち抜かれて即死。ちなみに、ＶＸガスはテロリストの手に渡った」

黒野は明るい口調で、最悪ともいえる結末を口にした。

第三章　TRAP

一

山縣は、プレジデントの後部座席に座っていた――。名前は知らないが、何度か顔を合せたことがある。三十代と思われる角刈りの男だ。

運転するのは、唐沢の運転手だ。

会話は聞こえているのだろうが、彼が口を挟むことはない。空気のように、その存在感を消している。

「大変な目に遭ったようだな」

隣に座る唐沢が低い声で言った。

「ええ」

ため息とともに応じた。

山縣はもちろんだが、真田や黒野、そして公香と鳥居も、生きていたのが奇蹟（きせき）だと思えるほどだ。

「もう、かかわりたくないという顔をしているな」

「否定はしません」

山縣は、率直に口にする。

唐沢と永倉との間で、今後の対策が議論された結果、STUのリカが〈次世代犯罪情報室〉に、事件解決まで出向するというかたちになった。

山縣には、そのことが納得できなかった。

リカに問題があるわけではない。〈次世代犯罪情報室〉の面々が扱うには、今回の事案は大きすぎるのだ。

状況から考えて、ムハンマドを始めとするテロリストたちは、緒方から入手したVXガスを使って、テロを行おうとしていることは明白だ。

自分たちのような、少人数しかいない素人の寄せ集めに、どうこうできるような案件ではない。

リカを加えたところで、事件解決につながるとは、到底思えない。

「君にしては、随分と弱気だな」

「強気だったことなど、一度もありませんよ」

それが、山縣の本音だった。

志乃のことがあって〈次世代犯罪情報室〉に所属はしているが、そこに大義があるわけではない。

心中では常に、真田を始めとしたメンバーの身を案じている。

「気持ちは分かるが、クロノスシステムが予知をする限り、君たちには動いてもらう」

「本当に、私たちでなければならないんですか？」

「何が言いたい？」

「正直、今回の案件は、私たちで手に負えるようなものではありません。こちらは情報提供に徹して、向こうへ全面的に主導権を渡すべきです」

山縣は、心の内をそのまま言葉にした。

「君は、私が自らの優位性を保つために、今回の措置を取ったと思っているのか？」

「そう思っています」

山縣がきっぱり言うと、唐沢はふっと笑みを零(こぼ)した。

「私は、君たちのことを思えばこそその判断をしたんだがな……」

「そうは思えません」

山縣は、頭を振った。

今回の任務が、いかに危険なものかは、唐沢も分かっているはずだ。もし、本当に山縣たちのことを考えているのであれば、あくまで主導権を握ろうとはしなかったはずだ。

「君は、良きリーダーではあるが、組織運営には向かないタイプだな」

「どういう意味です？」

「君は、目先のことだけを考えている」

「いけませんか？」

「ああ。彼らに主導権を握らせてしまった場合、ただの情報提供だけで済むと思っているのか？」

「それは……」

永倉は、最初から共同作戦を提案していた。

つまりは、〈次世代犯罪情報室〉を巻き込もうとしていたのは確実だ。

「正直、私は永倉という男を信用していない。彼は、ああ見えて、なかなか狡猾な男だよ」

「知っているのですか？」

山縣が訊ねると、唐沢が小さく頷いた。

「噂だけだがね。どんな状況にあったとしても、必ず自分の逃げ道を確保しておく。そういうタイプの男だよ」

「だったら、尚（なお）のこと、向こうに任せた方が良かったのではないですか？」

山縣が口にすると、唐沢はふんっと鼻を鳴らして笑った。

「今回は、私の提案というかたちになっているが、彼のことだ。どういう話し合いになろうとも、自分たちが表に出ることはなかったさ」

「失敗したときの逃げ道を作る為（ため）――ですか？」

「それもある。だが、それだけじゃない。これは私の勘だが、おそらく彼らはテロを防ぐこと以外に、もう一つ目的がある」

「目的？」

山縣は、唐沢の言い様に、胸騒ぎを覚えながら訊ねた。

「そうだ。彼らはこれを機に、君たちからあるものを奪おうとしている。それも、合法的にね」

唐沢は、鋭い眼光をサイドミラーの外に向けた。

別に、流れゆく夜景を楽しんでいるわけではないだろう。

「いったい、何を奪うと？」

山縣は、困惑しながら訊ねた。

自分たちは、警察と特殊な業務委託契約を締結しているに過ぎない。地位や権力があるわけでもない。まして、金もない。

そんな自分たちから奪うものなど、何もないように思える。

「分からないか？」

唐沢が、低い声で言った。

端正な顔立ちではあるが、その表情が何を物語っているのか、山縣には分からなかった。だからこそ、怖ろしいと感じた。

「はい」

山縣は、絞り出すように返事をする。

「クロノスシステム——だよ」

しばらくの沈黙のあと、唐沢がポツリと言った。

「まさか！」

山縣は、思わず声を上げる。

「そう驚くことでもないだろう。彼らがクロノスシステムを欲しがるのは、当然だ」

「なぜです？」

「君らしくもない質問だな」

唐沢は、小さく笑ってから説明を始める。

「クロノスシステムは、他人の死を予知する。これは、使い方によっては、今回のようにテロや暗殺を未然に防ぐことができる。いや、それだけじゃない。やりようによっては、戦争だって止められるかもしれない」

唐沢から言われて、山縣は息を呑んだ。

正直、これまでそんな考えもしたことはなかったが、他人の死を予知できるということは、今まさに唐沢が言ったように、使いようによっては多くの人命を救える。

世界に平和をもたらすかもしれないシステムだ。だが――。

「逆もあり得ますよね？」

山縣が訊ねると、唐沢が顎を引いて小さく頷いた。

「まさに、その通りだ。暗殺計画や、軍事作戦の立案にこの上ないシステムになり得る。事前に、勝敗が分かってしまうのだからな」

「怖ろしい……」

山縣は、思わず口にした。

軍事利用となると、犯罪を未然に防ぐこととは訳が違う。そんなことに、志乃が使われるかと思うと、ぞっとした。

「身を守る道具は、同時に他人を傷付ける武器なんだよ」

「志乃は、道具でも武器でもありません」

山縣がむきになって否定すると、唐沢は、ばつが悪そうに顔を伏せた。

「そうだな。すまない」

「いえ」

短く返事をしたあと、山縣はシートにもたれて窓の外に目をやった。

街の光が尾を引いて流れて行く。

後戻りできない、奔流の中にいるような錯覚を覚えた。

二

公香は邸宅の前に立ち、ふっと息を吐いた。

世田谷にある〈次世代犯罪情報室〉の拠点となっている家だ。敷地面積は、百坪を超える豪邸だ。

元々は、志乃の父親である中西克明(かつあき)の持ち物だった。

だが、公香たちが志乃と出会うきっかけとなった事件で、克明が死に、唯一(ゆいいつ)の肉親である志乃が相続した。

志乃が一人で住むのには広過ぎることもあり、探偵だった時から事務所兼住居として使用させてもらって来た。

彼女が昏睡状態に陥ってからも、継続して利用させてもらっている。公的には存在しない部署で働く公香たちにとっては、恰好の隠れ家となっている。

チラリと視線を向けると、リカが無表情にそこに立っていた。

山縣からの指示で、リカをこの場所まで連れて来た。

整った顔立ちに、しなやかで、女性らしい身体つきをしているが、他人を寄せ付けない空気を放っている。

ここに来るまでの車中で、公香は何度かリカに話しかけてみた。

返答こそあるものの、それはどれも事務的で、リカがどういう人物なのかを垣間見ることはできなかった。

希望を見出せず、自分の殻に閉じ籠もり、流されるままに生きていた、かつての自分に似ているような気がした。

過酷な任務が、彼女を変貌させたのか？　或いは、もっと以前から、彼女は心を閉ざしていたのか？　公香に分かるはずもなかった。

ふと、バーで男を撃ち殺したときのリカの顔が浮かぶ。

冷徹で、容赦のない目であったことは確かなのだが、その奥に、公香は哀しみのようなものを感じていた。

「何ですか?」

公香の視線を感じたのか、リカが言った。

その口調は、相変わらず無機質で冷たかった。

「何でもないわ。どうぞ。入って」

公香は、観音開きの玄関扉を開け、リカに中へ入るよう促した。

「先に行って下さい」

リカが、静かに言った。おそらく、警戒しているのだろう。

これまでの任務で培った経験からなのかもしれないが、そんなに気を張り続けていたら身が保たない。

「別に、襲ったりはしないわよ」

公香は、ぼやくように言いながら、室内に入った。

リカが黙ってあとをついてくる。

「ここが、私たちの事務所兼住居になってるの」

公香は一度エントランスで足を止め、ぐるりと室内を見回しながら言う。

「正気ですか？」

リカが、眉を顰めながら口にした。

「え？」

「見たところ、窓は通常のガラス窓です。にもかかわらず、格子を設けているわけでもありません。鍵も、シリンダーキーだけのようです」

「何が言いたいの？」

「セキュリティーレベルが低過ぎます。これでは、侵入してくれと言っているようなものです」

リカが、淡々とした口調で言う。

室内に入るなり、内装や調度品ではなく、真っ先にそういうことを気にするのは、職業柄ということなのかもしれない。

「一応、警報装置は入ってるわよ。それに、塔子さんがずっと在宅してるし……」

「窃盗犯相手であれば、それで充分です。しかし、テロリストの襲撃を考えた場合、脆弱と言わざるを得ません」

「テロに襲撃されるような、重要施設とは思えないけど」

公香が口にすると、リカは小さく首を振った。

「あなたたちは、何も分かっていません」

「何が？」

「クロノスシステムは、これまでの国家防衛戦略を覆す可能性を秘めた、重要なシステムなんですよ」

「私たちは、志乃ちゃんを、システムだなんて考えていないから」

公香が口にすると、リカは驚いたように目を丸くした。

「それは、本気で言っているんですか？」

「ええ。誰かの犠牲の上に立つ平和なんて、やっぱりおかしいでしょ？」

「何の犠牲もなく、平和を維持することなどできません」

「あなたは、そのための犠牲になるつもり？」

公香が訊ねると、リカはすっと目を細めた。

「どういう意味です？」

「言葉のままよ。任務のために個人の感情を切り捨てて、あなたはそれでいいの？」

「愚問です」

リカがピシャリと言った。

「え？」

「私は、現状に不満を持っていません。むしろ、礎(いしずえ)になることを誇りに思っています」

リカの言葉には、一片の迷いもなかった。工作員という立場からの発言というより、そこにこそ、彼女の本心があるようだった。

本人が、それを望んでいるというなら、もはや公香に返す言葉はない。

「変なことを喋(しゃべ)っちゃったわね」

「いえ」

「セキュリティーの件は、山縣さんに相談してみるわ。私たちは、志乃ちゃんをシステムだとは思ってないけど、大切であることは変わりないしね」

公香は苦笑いとともに言うと、そのまま歩き出した。

階段を上り、廊下を進んで二つめの部屋のドアを開け、中に入った。八畳ほどの広さで、ベッドが一つだけ置いてあるゲストルームだ。

「ここを自由に使って。トイレは廊下の突き当たり。バスルームは、一階の奥にあるわ」

公香は、ドア口に立つリカに手早く説明をする。

リカは、無表情のまま「分かりました」と短く返事をすると、そのまま部屋に入って来た。

「じゃあ、何かあったら声かけて。隣の部屋にいるから」

リカを残して部屋を出た公香だったが、ドア口でふと足を止めて振り返る。

部屋の中のリカは、ベッドや窓、天井などを検(あらた)めている。盗聴器や監視カメラの有無などを確認しているのかもしれない。

機敏で無駄のない動きではあるが、公香にはそれがどこか滑稽(こっけい)に見えた。

「綺麗(きれい)なのに……」

思わず声に出していた。

リカが動きを止め「何ですか？」と、公香に視線を向けてくる。

――綺麗なのに勿体(もったい)ない。

それが、公香の言おうとした言葉だった。

見た目の感じからして、おそらくリカは公香より年下だろう。顔立ちは地味めだが、均整が取れている。化粧映えする顔だ。肌も白くて肌理(きめ)が細かい。

容姿は女性らしいのに、動く彼女を見ていると、女性らしさがまるで感じられない。

いや、人間らしさと言った方がいいかもしれない。

一つ一つが無駄のない精密な機械のような動きだ。それだけではない。飾りっ気がなく、無機質な印象を与えている。まるで個を封じ込めているようだ。

とはいえ、そんなことをリカに言ったところで、相手にはされないだろう。

「言い忘れたことがあったの」

公香は、取り繕うように言った。

「何ですか？」

「山縣さんを助けてくれたのよね」

「任務です」

「それでも——ありがとう」

返事はなかった。そもそも、そんなものは期待していない。

公香は、軽く手を振ってからドアを閉めた。

三

邸宅に戻った真田は、真っ先にコクーンのある部屋に足を運んだ——。

白い壁に囲まれた部屋は、清廉(せいれん)な志乃を象徴しているようだった。

部屋の中央に置かれたコクーンに歩みを進める。

台座に設置されたスイッチを押すと、アームが動き、コクーンが横向きになる。白い外殻が、音もなくスライドして、志乃の姿が現われる。

「志乃――」

真田は、その名を呼んだ。

――返事はない。

いつもと変わらず、そこで眠り続けている。

こうやって志乃を見ていると、真田はいつも怖くなる。志乃が昏睡状態に陥ってから一年以上が経つが、その美しさは衰えることがない。

いや、むしろその美しさに拍車がかかっているようにすら思える。

このまま志乃は、クロノスシステムに取り込まれ、人ではない何かになってしまうのではないか――そんな風に思ったことは、一度や二度ではない。

真田は、そっと志乃の頰を指先で触れた。

滑らかで、それでいてひんやりとした感触が伝わってくる。

――志乃は本当に生きているのだろうか？

そんな疑問が浮かんだが、真田は慌ててその疑問を頭の隅に押しやった。

志乃は必ず目を覚ます――自分たちがそう信じなければ、本当に志乃が戻って来なくなるような気がしたからだ。

それがたとえエゴだとしても、信じて駆け抜けるしかない。

「これが、クロノスシステムの中枢ですね――」

不意に聞こえた声に振り返ると、そこには、一人の女が立っていた。

――蓮見リカだ。

綺麗な顔立ちをしてはいるが、その目からは、獲物を狙う獣のような、鋭い光が放たれている。

「何の用だ？」

真田は、ため息混じりに訊ねた。

その口調には、自然と敵意が滲んだ。

リカたちと手を組むことにはなったが、真田はそれに賛同したわけではない。

確かに、彼女の戦闘能力は並外れている。実際に手を合わせた真田は、そのことを痛感している。それに、さきの一件では、山縣を助けてもくれたらしい。

だが、それでも真田は、リカが好きになれなかった。

その理由は明白だ。彼女は、任務と割り切れば、何の躊躇いもなく人を殺せる。そこに良心の呵責もない。

彼女には、人として大切な何かが欠落している。

そこに、言い様のない違和感を覚えていた。

「あなたに用はありません。ただ、クロノスシステムを確認したかっただけです」

「システムじゃない。志乃だ」

真田は、すぐにリカの言葉を否定した。

他人の死を予知するという志乃の能力は、驚異的なものであり、使いようによっては、犯罪やテロを抑止する力になり得る。

しかし、志乃は望んでその力を手に入れたわけではない。他人が死ぬ運命を見る度に心を痛め、苦しんで来たのだ。

「どちらでも同じです」

リカは静かに言うと、コクーンに歩み寄った。

「何？」

「あくまで呼称の問題であって、彼女が担う役割が変わるわけではありません」

リカは眠っている志乃の顔をじっと見つめる。

その目は、人に向けたものではなかった。興味本位で、新製品を観察しているといった感じだ。

「ふざけんなよ。志乃は、お前らのオモチャじゃねぇ」

「そんなことは、あなたに言われるまでもなく分かっています」

感情を昂ぶらせる真田とは対照的に、リカは冷静そのものだった。

「何？」

「資料に目を通しています。本人が望まぬかたちで、その能力が発露したことも、彼女自身の不幸な境遇も知っています」

「だったら……」

「同情はしますが、可哀想だからといって、与えられた能力を使わず、多くの人が死んでいくのを見殺しにすることが正しいことなのですか？」

リカの言わんとしていることは分かるし、ある側面からみれば、正しいことなのかもしれない。

だが、真田はそれに賛同できなかった。

同情という言葉を使っているが、その口調から、そんな気持ちが微塵もないことが、ひしひしと伝わってくる。

「見殺しにするなんて言ってねぇだろ。おれたちは、今まで必死に救って来たんだ」

真田が主張すると、リカが怪訝そうに眉を顰めた。

「それは、本気で言っているんですか？」

「何だと？」

「あなたたちは、命を救うことよりも、その結果として彼女が目覚めることを望んで行動して来たのですよね？」

「それは……」

否定することができなかった。

真田の中で、失われる命に対する危機感より、志乃に対する想(おも)いが勝っているのは事実だからだ。

「あなたたちは、クロノスシステムを、真に有効活用しようとはしていません」

「だから、システムじゃねぇって言ってんだろ！」

「そうやって、個人的な見解だけで行動しているから、あなたたちは間違いを犯すのです。もっと大局的に物事を捉(とら)える必要があります」

あくまで冷静に語るリカに、真田は舌打ちを返した。

「お前たちが、何でも正しいとでも言うのか？」

真田は、ずいっとリカに詰め寄った。

リカは怯(ひる)むどころか、真っ直(ます)ぐに真田を見返して来る。その視線に、真田は寒気を覚えた。

エレベーターの中でやり合ったときも、彼女はこんな目をしていた。

全て(すべ)の感情を排除し、機械的に任務を全うする――そんな目だ。

「少なくとも、あなたよりは正しい判断ができます」

「何が言いたい？」

「個人の感情を優先させれば、あのときみたいに、他人の命を危険に晒(さら)す――そう言っているんです」

「くっ……」

真田は、反論する言葉が見つからず、きつく唇を噛(か)んだ。

リカが言っているのは、パトリックの一件だろう。黒野にも指摘された。あのとき、真田は引き金を引くことができなかった。

最終的にリカが射殺したが、そうでなければ、手榴弾(しゅりゅうだん)が爆発して、大勢の犠牲者が出たのは明らかだ。

「これから任務を一緒にこなすということは、あなたに背中を預けるということです。感情に流されて、判断を鈍らせるようなことはしないで下さい。足手まといになります」

リカは、容赦のない言葉で真田に詰め寄る。

「分かってるさ」

真田が、苦し紛れにそう返すと、リカは顎(あご)を引くように小さく頷(うなず)き、そのまま部屋を出て行った——。

ドアが閉まる音がするのと同時に、真田はその場に座り込み、頭を抱えた。

あのとき、真田がトリガーを引かなかったのは、人の命を奪うことに躊躇いがあったからだが、それだけではない。

真田は、志乃の声を聞いたのだ。

撃たないで——と。

志乃は、相手が誰であったとしても、その命を奪うことを嫌った。しかし、それが新たな危険を生み出すのもまた事実だ。

現に、パトリックの一件ではそうだった。

「おれは、どうすればいいんだ?」

真田の問いに、志乃からの返事はなかった。

四

リカが、クロノスシステムのある部屋を出ると、廊下で待っている男の姿があった。

――黒野武人だ。

本人の望まぬかたちで、北朝鮮の工作員として育てられた男。

「やあ」

軽く手を上げた黒野は、〈笑い男〉というコードネームに見合った、作り笑いを浮かべていた。

資料では何度か目にしていたが、実際に顔を合せてみると、想像以上の優男(やさおとこ)だ。だからといって、油断しているわけでも、軽んじているわけでもない。彼の武器は、肉体ではなく、その頭脳の方にこそあるのだ。

「何か用ですか?」

リカが訊ねると、黒野が大げさに肩を竦(すく)めてみせた。

「そう固くならないでよ。これからチームになるんだ。ちょっと親交を深めようと思っただけだよ」

「親交を深める？」

リカは、わずかに首を傾げた。

北朝鮮の工作員として徹底的に訓練を受け、〈笑い男〉のコードネームで怖れられ、今なお公安の監視対象にある男が発するには、あまりに意外な言葉だった。

「そう。知っていると思うけど、ぼくと君は、似た者同士だからね」

黒野の発した一言をきっかけに、リカの脳裡に、嫌な記憶が蘇る。

窓ガラスに打ちつける激しい雨——。

ベッドの上で、苦悶の表情を浮かべたまま事切れている男。白いシーツが、血で真っ赤に染まっている。

リカは、血の臭いに塗れながら、そこに呆然と立ち尽くしていた。

指先が震える。

——消えろ！

リカは、心の中でそう念じ、頭の中に浮かんだ過去の映像を振り払った。

「どうして、似ていると？」

リカは、記憶を払拭しながら聞き返した。

感情は押し殺し、無表情に振る舞っているので、黒野には、自分の記憶の片鱗を見せずにいられたはずだ。

「ぼくが、君のことを知らないとでも？」

「ブラフですね」

リカは、すぐさま返答した。

内閣情報調査室に入ったときに、リカの過去の記録は抹消された。黒野が、リカのことを知るはずがないのだ。

こうやって揺さぶりをかけて、何かを引き出そうとしているのだろう。

「君の資料は抹消されているから、ぼくに確認できるはずがない。そう思っているでしょ？」

黒野が、目を細めながら言った。

「ええ」

リカは素直に答えた。

認めたくないが、黒野の前で下手な嘘を吐いたところで、見抜かれてしまう。

「格闘術はなかなかだけど、頭の方は今一つだね」

黒野が挑発するように、トントンと自らのこめかみを指先で叩いた。

「何が言いたいんですか？」

「君の過去のあらゆるデータは、内閣情報調査室によって抹消されている。だけどね、ぼくがかつていた組織には、君に関する資料があったんだよ。だから知っているのさ。君とぼくは似ている」

——なるほど。

リカは納得すると同時に、深いため息を吐いた。

北朝鮮側が、こちらの組織に関する情報を集めていたのであれば、黒野が自分たちのことを知っていても不思議ではない。

「確かに、似ているかもしれませんね」

リカは無感情に言った。

境遇だけみれば、リカと黒野は共通点が幾つかある。

「やっと認めたね」

「今、その話を出して、同情でもして欲しいのですか？」

リカは、敢えて挑発的な訊ね方をした。しかし、黒野は、笑みを崩そうとはしなかった。

笑顔の仮面を被り、何を考えているのか、さっぱり分からない。これが〈笑い男〉のコードネームの所以なのだろう。

「別に。ただ、君の感想を聞きたかったんだ」

「感想？」

「そう。彼と話したんだろ？　どうだった？」

黒野は、さっきリカが出て来たドアに目をやった。おそらく、黒野が言う彼とは、真田省吾のことだろう。

「感想などありません」

リカが答えると、黒野が指先ですっとメガネの位置を修正した。

「本当に？」

「ええ」

「本当は、むかついたんでしょ？　彼に対して」

黒野がずいっと顔を近付け、意味深長な口調で言う。

胸の奥で、不快な感覚が広がる。それは、黒野に対する嫌悪感もあるが、同時に、真田に向けられたものでもある。

黒野が言う通り、リカは、真田に対して苛立ちを感じていた。

彼は子どもじみた理想にすがり、現実を見ようとしていない。いや、本当は見えているはずだが、それを認めようとしない。

己の信念を貫くためなら、死をも厭わない——そういうタイプの男だ。

——はっきり言って反吐が出る。

とはいえ、それを素直に口にするのは憚られた。それこそ、個人の感情に押し流されていることになるからだ。

「いいえ。特に何も……」

「そっか。変だな」

「何がです？」

「ぼくはね、初めて会ったとき、本気で苛立ったんだ。彼に——」

「そうですか」

「さっきも言ったけど、君とぼくは似ている。だから、彼のような人間を見ると、苛立つかと思ったんだ」

黒野は、両手を広げておどけるようにして言った。

「なぜ、彼に苛立ったんです？」

リカは、逆に質問を投げかけてみた。

「分かるだろ。彼の言葉は、綺麗事ばかりだ。青臭い信念に従って、命を懸けて真っ直ぐに進み続けるんだ」

黒野は、笑みを浮かべたまま言った。

だが、言葉の端々に、真田に対する蔑(さげす)みや怒りが滲(にじ)んでいるようだった。

「そうかもしれませんね」

リカが同意を示すと、黒野はさらに続ける。

「最初は、ぼくは彼のことが大嫌いだったんだ。現実を何も知らず、平穏無事に過ごして来たボンボンだって思ってた。そうでなきゃ、恥ずかしげもなく、あんな理想論を語り、自らの命を懸け、純粋に駆け抜けることなんてできないって……」

黒野の意見には、賛同すべき点が幾つもある。だが、おそらく黒野は、真田批判をしたくてこんな話を持ち出しているのではないだろう。

言葉の前に「最初は——」と付けている。今は、別の感情を持っているという証拠だ。

「結局、何が言いたいんですか?」

リカが訊ねると、黒野は、嬉(うれ)しそうににいっと白い歯を見せて笑った。

「勘違いだったんだよ」

「勘違い?」

「彼は、何も知らずに理想論を語っているわけじゃない。目の前にある現実を、正面から受け止め、思い通りにならないことを知った上で、世界に抗ってみせているんだ」

「愚かですね」

それが、リカの率直な感想だった。

世の中には、どんなに抗ったところで、変えようのない現実というものがある。そして、その現実は、常に無情なものなのだ。

理想や希望を掲げれば、打ち砕かれることは目に見えている。

「そう。愚かなんだよ。でも、その愚かさがあるからこそ、彼は今までやって来られたんだ」

「運が良かっただけです」

リカは、バッサリと斬り捨てた。

エレベーターの中で闘ってみて分かった。真田の闘い方は、まさに素人だ。これまで生き残ってこられたのは、運に他ならない。

「違うね」

「何がです？」

「あれが、彼の実力だと思わない方がいい。彼は、想像以上の力を出すことがあるんだよ」

「随分と彼のことを買っているんですね」

リカは、落胆とともに口にした。

黒野はもっと、冷静に物事を判断できる男だと思っていたが、見込み違いだったようだ。

真田の青臭い考えに感化されたのか、或(ある)いは、もっと別の何かがあるのか？　どちらであったとしても、失望したことには変わりない。

「君も、そのうち分かるよ」

「そうだといいのですが。では、私はこれで……」

立ち去ろうとしたリカだったが、黒野に呼び止められた。

「一つだけ、君に忠告しておく――」

そう言った黒野の顔からは、さっきまでの笑みが消えていた。

能面を被ったような、無表情でありながら、メガネの奥の目だけが、ギラギラとした輝きを放っていた。

「忠告？」

「君たちが、何を企(たくら)んでいるかは知らないけど、彼に手を出したら……」

そこまで言ったあと、黒野は言葉を切り俯いた。

静寂が流れる。

「何です?」

リカが訊ねると、黒野はふっと顔を上げた。

「殺すよ――」

凍てつくような笑みとともに、黒野が言った。

五

塔子が目を覚ましたのは、モニタリングルームだった。

昨晩、クロノスシステムの予知した映像を解析していた。どうやら、椅子に座ったまま眠ってしまったらしい。

とはいえ、それは特別なことではない。

塔子は、一日のほとんどをこの穴蔵のような部屋の中で過ごしている。

クロノスシステムを扱える技術者は、塔子一人だけな上に、いつ予知夢が発生するか分からない。だが、塔子がこの部屋に閉じ籠もっているのは、何もそれだけが理由ではない。

窓越しに、コクーンのある部屋に目を向ける。

壁際で、寝袋にくるまるようにして眠っている真田の姿が見えた。

彼は、コクーンのある部屋で、志乃とともに寝泊まりし続けている。いつ、志乃が目覚めてもいいように——。

その健気さを思うと、胸に締め付けられるような痛みが走った。

「おはよう——」

不意に聞こえて来た声に、ビクッと肩を震わせて振り返る。

いつの間にか、ドア口に黒野が立っていた。

笑みを浮かべているが、彼は楽しくて笑っているわけではない。あれは、自らの感情を覆い隠すための仮面だ。

それ故に、その笑顔を見ると、怖ろしいと感じる。

「いつからそこにいたんですか？」

塔子は、震える声で訊ねた。

「さっき来たところだよ。寝顔を見せてもらおうと思ってね」

黒野がずいっと顔を近付けて来た。

彼は、塔子を口説こうとしているわけではない。こんなことを言うのは、塔子を動揺させようとしているからだろう。

「用件を言って下さい」

塔子は、黒野に背中を向け、椅子に座り直した。

「分かってるクセに」

黒野は、そう言って塔子に覆い被さるように、身体を寄せて来た。

彼の黒い気配が、塔子の心臓をぎゅっとわし掴みにする。息が詰まり、背中を汗が伝う。

「な、何のことですか？」

「クロノスシステムだよ。昨晩、立て続けに予知が起こった。そのどれもが、関連性のあるものだ。言っている意味は分かるよね？」

「いえ……」

塔子は、小さく首を振った。

「隠し立てするのは、良くないと思うよ。秘密を共有しているんだから……」

黒野の囁くような声が、塔子の心に波紋を広げる。

彼の言う秘密とは、クロノスシステムにかかわることだ。

志乃は、頭部に銃弾を受けてから、昏睡状態にある。コクーンは、志乃の見た夢を可視化すると同時に、彼女の生命維持を司る装置——ということになっている。

真田たちも、それを信じているが、実際は違う。

志乃は、事件のあと、意識を回復した。しかし、それを再び眠らせたのだ。コクーンは志乃を眠らせ続けるための、コールドスリープの装置なのだ。

その目的は単純だ。志乃に、予知夢を見続けさせるためだ。

塔子は、それに加担して来た。

もちろん自分自身の意志ではない。言い訳になるかもしれないが、そうせざるを得なかったのだ。

前回の事件のあと、黒野は塔子の行いを看破した。

そのことを、真田たちに伝えるかと思っていたのだが、あれ以来、沈黙を守り続けている。

なぜ、黒野が口を閉ざすという選択をしたのか、塔子には分からない。

「何が知りたいんですか……」

塔子は、デスクの上でぎゅっと拳を握りながら口にした。

「簡単だよ。今回は、誰の血を入れたんだ？」

黒野から放たれた言葉に、意識が遠のいていくような気がした。

志乃は、昏睡状態に陥る前から、他人の死を予知する能力があった。それは、ランダムに予知されるのではなく、ある法則があった。

予知できるのは彼女が直接的に接触した人間と、その関係者に限られ、事件が解決するまで、繰り返される。

だが、昏睡状態に陥ったあと、志乃は誰とも接触していない。

それでも、死の予知が起こっている。塔子が接触させているからだ。

犯罪者やその関連人物の血液を、滅菌処理した後に、極少量を志乃に皮下注射し、間接的に接触させていたのだ。

それが、塔子と黒野が共有している秘密に他ならない。

「私にも分かりません」

塔子は、掠(かす)れた声で反論した。

「そんなはずないでしょ？」

黒野の冷たい視線を受け、塔子は背筋を震わせた。

「本当です。本当に、私は知らないんです……」

ほとんど涙声になりながら、塔子は主張した。

この期に及んで、黒野に嘘を吐くつもりはない。彼は、塔子の所業を知っているのだ。下手に抗えば、真田たちに事実を伝えることだってできる。

塔子は圧倒的に不利な状況にあるのだ。

「嘘は吐いてないようだね」

黒野が、塔子の肩に手を置いた。

「今さら嘘なんて……」

「それもそうだね。でも、だとしたら、なぜ彼女は予知をしたんだ？　誰にも接触していないのに……」

塔子も、黒野と同じ疑問を持っていた。

誰にも接触していない状態で、志乃が予知夢を見るはずがないのだ。

「私にも分かりません……」

「じゃあ、キャッシュを見せてもらおうかな」

黒野が小さく笑みを浮かべた。

「え？」

「クロノスシステムのデータのキャッシュだよ」

「なぜ、そんなものを？」

訊ねる塔子を押し退けるようにして、黒野はキーボードを叩き始めた。

「引っかかることがあってね。昨晩、色々と調べていたんだ。クロノスシステムは、志乃ちゃんのために開発されたシステムじゃない。つまり、以前の使用者がいるんだ」

黒野は薄い笑みを張り付けて、窓の向こうにあるコクーンをじっと睨み付けた。

「それって……」

「前の使用者のデータが、システム内に残っている可能性がある」

黒野は軽快にキーボードを叩きながら、システムの奥深くに入っていく。塔子ですら、アクセスしたことのない領域だ。

「本当に、キャッシュなんて残っているんですか?」

塔子の疑問を打ち消すように、警告音がして、赤いランプが明滅した。

黒野がシステムに触ったからではない。志乃が、新たな死を予知したことを告げているのだ。

「せっかくいいところだったのに……」

黒野が、ため息混じりに言った。

六

――志乃が新たな死を予知した。

その報せを受けた真田は、急いで塔子のいるモニタリングルームに駆けつけた。

肩を並べてモニターを見ている、黒野と塔子の姿があった。

「予知の映像は？」

真田が声を上げると、黒野がいつもと変わらないニヤケ顔で振り返った。

「騒々しいな。焦らなくても、みんな揃ったら、鑑賞会を開くからさ」

人の命がかかっている予知の映像を、面白がっている黒野の態度に腹が立った。

「ふざけやがって……」

「別に、ふざけてはいないよ。言っておくけど、これから見るのは結構、ヤバイ映像だよ」

「何？」

真田が困惑している間に、山縣と公香も部屋に駆け込んで来た。

「さて。全員揃ったし、鑑賞会と行きましょう」

黒野が、指先でメガネの位置を修正しながら言う。

戸惑った表情を浮かべながらも、塔子はモニターに映像を再生させた。


市街地にある、大型のホテルの前だった。

外相会談が行われる予定になっている、六本木のホテルだ。

道路のあちこちに警察車輛が停まっている。要所には制服警官が立ち、ものものしく警備に当たっている。

そんな中、一機のヘリがホテルの上空に現われた。

垂直方向に二本のローターを装備している。アメリカ軍が配備を進めているオスプレイに形状が似ているが、大きさはかなり小さい。

胴体部分には、長さ五十センチほどの円筒の物体が取り付けられていた。

警備に当たる警察官たちが、ヘリの存在に気付き、慌ただしく動き始める。

その様子を嘲笑うかのように、ヘリはホバリングを続けている。

制服警官の一人が、拳銃を構えてヘリに発砲した。

しかし、外板に火花を散らしただけで、ヘリはビクともしない。

やがてヘリから円筒形の物体が投下された——。

真っ直ぐ落下したその物体は、地面に激突すると同時に、破裂した。

ほどなくして、近くにいた制服警官の一人が、身体を痙攣させながら、その場に倒れ込んだ。

それだけではない。別のところを歩いていたスーツの男が、口から泡を吹きながら崩れ落ちる。

近くにいた人々が、次々と倒れ、悶え苦しみ、そして――動かなくなった。

それはまさに地獄絵図だった。


「これは――」

映像を見終えた真田は、思わず声を上げた。

「VXガスだよ」

黒野が、ポツリと言った。

昨日、緒方によってムハンマドたちテロリストに渡された神経性の猛毒ガス――。

「ヘリから投下されたのは、VXガスの入った爆弾だったたってことか？」

「正確には、ヘリじゃなくてUAVだけどね」

「は？」

「つまり、無人航空機の略だよ。こいつは、二つのローターを持ったイーグルアイだ。ローターを動かすことで、水平飛行の他にホバリングも可能になっている優れものだ。公香さんたちは、昨晩、こいつに襲われたんだろ？」

そう言って、黒野は公香に目を向けた。

「ええ。これと同じやつよ」

公香が、苦々しい表情を浮かべながら答えた。

「これが奴らの計画していたテロ……」

「正解。ホテルがあるのは六本木だ。こんな人口密集地域でＶＸガスをばら撒かれたら、死傷者は外相会談の参加者だけでは済まされない。それこそ、数千単位の犠牲者が出るだろうね」

「何でこんなことを？」

真田が訊ねると、黒野は呆れたように、ふっと息を吐いた。

「相手は、中東系のテロリストだ。少し考えれば、分かるだろ？」

「分からないから、訊いてんだよ」

「現在、内戦状態にあるＳ国の過激派テロ組織が、国家樹立を宣言している。それに危機感を覚えた近隣諸国と国連、それにアメリカ、ロシアといった大国は、テロ排除の名目で空爆を開始した。それに対する報復ってところだろうね。まあ、自分たちの力を、世界に誇示するという意味合いもあるだろうけど」

黒野が流暢（りゅうちょう）に説明する。

状況は分かった。だが、真田にはどうしても納得できない。

「日本を巻き込むなよ」

日本でテロを行い、数千人もの罪のない人を犠牲にしたところで何も解決しない。新たな火種を生むだけだ。

それに、日本はS国への空爆には参加していないのだから、まったくの無関係だ。

「もう手遅れだよ。日本は、もうとっくに巻き込まれている。現に、日本人が二人、拉致（らち）された上に、惨殺（ざんさつ）されたじゃないか」

その事件は、真田の記憶にも新しい。

彼らは、日本人二人を人質として、二億ドルもの身代金（みのしろきん）を要求し、受け入れられないと分かると、二人を殺害した上で、動画をネット上にアップした。

「それとこれとは別だろ。わざわざ日本に出向いてまで、テロを起こす理由にはならない」

「前も言っただろ。日本はテロを起こしやすいんだ。しかも、外相会談にはアメリカ、イギリスも参加している。インパクトは絶大だ」

「だけど……」

「その議論は、後回しだ。それより、問題はこれからどうするか——だ」

山縣が、真田と黒野の口論に割って入った。

今、真田が黒野と言い合ったところで、国際的な問題が解決するわけではない。自分たちにできることは、目の前にある危機と、どう向き合うかだ。

「イーグルアイを撃ち落とすわけにはいかないのか？」

真田が言うと、黒野がぷっと噴き出すようにして笑った。

「何がおかしい？」

「撃ち落としたら、ＶＸガスがばら撒かれちゃうだろ。そもそも、攻撃したり近付いたりしようものなら、容赦なくＶＸガスを投下するだろうしね」

「じゃあ、どうすんだよ」

真田が声を上げると、山縣と公香が視線を逸らした。塔子も、黙ったまま俯いてしまった。

——まさか、見捨てるつもりなのか？

ここで手を拱いていたら、それこそ数え切れないほどの死者が出る。そんなことを許していいはずがない。

「何とかしようぜ！」

勢いよく言った真田だったが、やはり山縣や公香の反応は薄かった。

「気持ちは分かるが、こうなっては、私たちにできることは何もない」

山縣の声は、すでに諦め（あきら）に満ちていた。

「だけど……」

「私も同感よ。さっき黒野も言ってたけど、イーグルアイに近付くことすらできないのよ。何とかしようにも、手がないわ」

公香は聞き分けのない子どもを窘める（たしな）ような口調だ。

だが、納得できるわけがない。

「このまま、黙って見てろって言うのかよ！」

「仕方ないじゃない！」

真田が声を荒らげると、公香も負けじと苛立ち（いらだ）をぶつけて来る。

「仕方ないで、何千って命を見殺しにするのかよ！」

真田は、力いっぱい叫んだ。

おそらく志乃も同じ気持ちのはずだ。本人に訊いたわけではない。それでも、あの優しい志乃が、これだけの死を目の当たりにして、平然としていられるはずがない。だから――。

「気持ちは分かるが、私たちにはどうしようもない」

山縣が、真田の肩に手を置いた。子ども扱いされているようで、余計に苛立ちが募る。

さらに反論しようとした真田を、黒野が制した。

「一つだけ方法があるよ」

黒野が、いつものニヤケ顔で言う。

「え？」

「但し、かなり危険な方法だよ」

メガネの奥の瞳は、まるで真田の意志を試しているようだった。

そんな目で見られなくても、答えなど最初から決まってる。

「その方法を教えろ！」

七

山縣は、プレジデントの後部座席に、唐沢と並んで座っていた――。

昨晩と同じ状況だ。

「敵ながら、あっぱれな作戦だよ」

ため息混じりに言った唐沢の顔には、疲労が滲(にじ)んでいた。

「そうですね」

「たった一機のUAVで、手も足も出なくなってしまう。日本の防衛について、嫌でも考えさせられる」

VXガスを積んだUAVを東京上空に飛ばす。

たったそれだけで、数千人の人質を取ったのと同じだ。

このまま何もしなければ、多くの犠牲者が出る。それが分かっていながら、警察はもちろん、自衛隊も、まったく手出しができないだろう。

まさに八方塞(ふさ)がりというやつだ。だが――。

「まだ方法はあります」

山縣が口にすると、怪訝な表情を浮かべる。

この状況では、為す術無しと思っているのだろう。かくいう山縣も、そう思っていたが、活路を見出したのは黒野だ。

「その方法とは？」

「単純です。UAVが飛び立つ前に押さえます」

「だが、どうやって場所を特定するつもりだ？」

それが一番の問題だったが、黒野が解決してくれた。

「昨晩、同じ型のUAVに遭遇しています。そのまま飛び去ってはいますが、保管できる場所は限られています。監視カメラの映像を解析して、場所の特定を行います」

「なるほど。黒野らしい作戦だな――」

唐沢が小さく笑みを零した。

みなまで言わずとも、今回の作戦が黒野の発案であることは、お見通しのようだ。

「作戦の実行許可をお願いします」

山縣が口にすると、唐沢の笑みは冷たいものに変わった。

「私が許可をすると？」

「はい」

「急襲が失敗して、その時点でテロリストが、ＶＸガスをばら撒かないという保証は？」

「ありません」

山縣は頭を振った。

テロリストに、こちらの動きを察知されたら、ＶＸガスをばら撒かれることになりかねない。

「失敗するかもしれない作戦を、容認しろと言うのか？」

「はい」

山縣は、力強く頷(うなず)いた。

危険な作戦ではあるが、他に方法がないのも事実だ。何もしなければ、間違いなくＶＸガスはばら撒かれるのだ。

「正式な許可など出せるわけがない」

唐沢はそう言って口を引き結んだ。

「そうですか……」

山縣の中に、落胆はなかった。

唐沢の立場を考えれば、作戦の許可を出せないのも当然のことだ。

「但し――時間稼ぎくらいはできる」

唐沢が、ちらりと山縣に視線を向ける。

明言しなくとも、唐沢が何を言わんとしているかは分かる。つまり、山縣たちが独断で行動する分には、目を瞑(つむ)るということだ。

本当に損な役回りだと思う。

何かあったときは、責任を負わされ、上手(うま)くいったとしても、褒められるわけではない。それでも、このまま放置できない。

山縣のそういう性格を、唐沢は熟知している。

「分かりました。これからは、我々の独断での行動――ということにします」

「すまない」

唐沢が、掠(かす)れた声で言った。

まさか彼の口から、謝罪が飛び出すとは思いもしなかった。

「いえ」

「君たちは、彼女を作戦に参加させるのか？」

唐沢が、ふっと天井に目を向けながら訊(たず)ねて来た。

彼女とは、リカのことだ。

「いいえ。我々の独断である以上、彼女を参加させることはできません」

一時的に出向という扱いになっているが、リカは山縣たちとは立場が違う。作戦に参加させることはできない。

「そうか。だが、作戦の内容は知っているのだろう？」

「ええ」

黒野が作戦を立案したときに、リカもその場にいた。内容は知っているし、永倉にも報告が行っているだろう。

唐沢が呟くように言ったところで、彼の携帯電話が鳴った。

モニターを確認してから電話に出た。短い会話を終えたあと、唐沢が電話を切り、ふうっと長い息を吐いた。

「永倉さんからだ——」

「え？」

「彼女を、作戦に参加させて欲しいとのことだ」

「本当ですか？」

山縣には信じられなかった。

唐沢から聞いた永倉の人物像からすれば、今回の作戦には関与しないものとばかり思っていた。

「向こうにも、何かしらの考えがあるのだろう。どうする？」

「どうするとは？」

「君が判断してくれ。彼女を連れて行くか否か――」

山縣はすぐに返事ができなかった。

リカが参加してくれれば戦力になるのは間違いない。だが、本人の承諾なく、作戦参加の可否を決めていいのかという迷いがあった。

甘いと言われるだろうが、命を懸けた作戦だ。本人の意思を尊重したい。

山縣がそのことを唐沢に伝えると「君らしいな」と小さく笑った。

「では、彼女の作戦参加の可否は、流動的なものとして考えよう」

「そうします」

「それから――彼女の資料だ」

そう言って、唐沢がファイルを山縣に差し出して来た。山縣は、困惑しながらも資料を受け取り、目を通していく。

「これは……」

山縣は、その内容に目を剝いた。

「彼女のデータは削除されていてね。収集するのに、相当に苦労したよ。彼女の境遇は、黒野によく似ている。存在しない影のようなものだ」

唐沢がため息混じりに言った。

「そうかもしれませんね……」

山縣は、絞り出すように言ったあと、窓の外に目を向けた。

八

「まったく……」

公香は、ぼやきながらも、ハイエースに荷物を積み込んでいた。

最初はホテルで銃殺される男を守るという任務のはずだった。それが、敵味方が混在する事態に発展し、仕舞にはＶＸガスを使った、東京でのテロ事件だ――。

正直、自分たちのような素人集団に、どうこうできる任務とは思えない。だからこそ、山縣は作戦への参加を強要しなかった。

しかし、これから起こる事態を知っていながら、何もしないで見ていることなどできるはずがない。

「ご機嫌斜めだな」

声をかけられ、振り返ると、そこには鳥居の姿があった。

今回の作戦にあたり、鳥居も二つ返事で協力してくれることになった。

鳥居には、焦燥感や悲壮感はない。穏和な顔立ちに反して、強い意志を持っているのだろう。

「また、無茶をやろうとしてるのよ。怒りたくもなるわよ」

公香は、八つ当たりだと分かっていながら、鳥居に感情をぶつけた。

全てを見透かしたように、鳥居が小さく笑う。

「まあ、何とかなるさ」

「怖くないの？」

「怖いさ。でも、だからこそ、最善を尽くすんだ」

「強いわね――」

公香の本音だった。

鳥居は、本番に強いタイプなのだろう。流石は、狙撃手といったところだ。

「別に強くはないさ。逃げることも、強さの一つだと思う」

「じゃあ、このまま逃げる？」

「それができないのは、私も君も同じだろ」

　鳥居の笑顔を見て、公香は大きくため息を吐いた。

　ここまで見透かされていると、本当に嫌になる。

「鳥居さんって、女に嫌われるタイプだわ」

「なぜ？」

「女はね、本音を見抜かれるのを嫌うのよ」

「そうか？　私には、背中を押して欲しそうに見えた」

――益々嫌な人だ。

「これ見たら、後悔するわよ」

　公香は、そう言ってタブレット端末を鳥居に差し出した。

　協力は承諾してくれたが、テロの内容を含めて、鳥居はまだ詳しい状況を知らない。

　鳥居は慣れた手つきで端末を操作して、志乃が予知した映像を再生させる。少しは驚くかと思ったが、映像を見たあとも、鳥居の表情は、さほど変わらなかった。

「なるほど。これは、なかなか効果的なテロだ。上空にイーグルアイをホバリングさせたのは、注目を集めるためだろうな」

　鳥居が、淡々とした口調で言った。

「随分と冷静なのね」

「いや、これでも充分過ぎるほどに驚いているよ」

「どうだか……」

「それで、このテロをどうやって防ぐんだ？」

　鳥居が訊ねて来た。

「今、黒野がテロリストの拠点を洗い出してるわ。それが判明し次第、イーグルアイがＶＸガスを積んで飛び立つ前に、テロリストを制圧する」

「シンプルだが、いい作戦だな」

「何がシンプルよ。相手は、武装したテロリストよ。下手したら、あの世行き」

「そうだな。やっぱり、止めておくか？」

　鳥居が、ニヤッと笑みを浮かべた。

答えが覆らないことを知っていて、こういう言い方をしている。やっぱり嫌な人だ。

「やるわよ」

　半ば自棄になりながら公香が言うと、鳥居がすっと表情を引き締め、真っ直ぐに公香を見つめる。

　――何？

「大丈夫だ。君のことは、しっかりと守る」

鳥居の言葉が、公香の胸の奥をくすぐった。

こんな風に言われたら、嫌でも女心が揺さぶられる。下心ではなく、本心から出た言葉であることが分かるからこそ余計に――。

「期待していいのね」

「今まで、期待せずに呼んでいたのか？」

――そういうことじゃないわよ。

公香は、苦笑いとともに内心で呟いた。

「充分に期待してるわよ」

「それで、私の役割は？」

「いつものパターンよ。真田と黒野が陽動。で、山縣さんと例の女が、突入するから、私たちはバックアップ」

「例の女というのは、内閣情報調査室の彼女か？」

「ええ」

「どうやら、君は彼女のことが嫌いらしい」

鳥居が、すっと目を細めた。

内心を見抜くのは勝手だが、いちいち口に出さないで欲しいものだ。

「別に嫌いってわけじゃないわ」

「そうか？　私には、そう聞こえたが……」

「だから違うって。ただ、分からないのよ。彼女のことが」

「分からない？」

「そう。彼女は、任務を優先させて、自分の感情を殺してるみたいだけど、それって凄く不自然じゃない？」

「もっと、騒いだ方がいいのか？」

「そうじゃなくて……上手く説明できないけど、何だかとても不自然に思えるの」

公香は、苛立ちとともに口にした。

半分はリカに対するものだが、残りの半分は、上手く説明できない自らの語彙力のなさに対するものだ。

「少し、分かる気がする」

鳥居が静かに言った。

「え？」

「彼女を見ていると、ここに来たばかりの頃の黒野を思い出す」

「そうね……」

言われてみればそうかもしれない。

初めて黒野に会ったとき、彼の考え方にまったく賛同ができなかった。だが、その裏には、壮絶ともいえる過去があった。

「彼女が、何か抱えているのであれば、君たちが居場所を作ってやればいい。私や、黒野のときみたいに――」

鳥居が、過去を懐かしむように、遠くを見つめた。

思えば鳥居も、多くの闇を抱えて彷徨っていた男だった。だからこそ、黒野やリカのような人間の気持ちが分かるのかもしれない。

「止めてよ。これ以上、クセ者を抱えるのはゴメンよ」

公香は、冗談めかして言った。

「そうだな」

鳥居が、微かに笑みを浮かべて応じた。

九

リカは、グロック19の弾倉を抜き、残弾をチェックしてから再び戻す。

ブローバックを引き、弾丸を装塡してから、腰のホルスターに差し込むと、今度は短機関銃MP5の弾倉を確認する。

タクティカルベストを装着して、髪を後ろで一纏めにして、ふうっと息を吐いてから部屋を出た。

「やあ」

廊下を歩き始めたところで、声をかけられた。

振り返らずとも、それが誰なのかは分かる。黒野武人だ——。

「何でしょう?」

背中を向けたまま答える。

「そろそろ、教えてくれないか?」

黒野が訊ねて来た。

「何のことですか?」

リカが振り返ると、黒野はニヤニヤと笑みを浮かべていた。

楽しくて笑っているわけではない。笑顔こそが、黒野が自らの心を隠すための仮面なのだ。

リカが、無表情の仮面を被っているのと同じだ。

やはり似ているのかもしれない。

「アレスのことだよ」

「ですから、何のことですか？」

リカが返すと、黒野は呆れたように深いため息を吐く。

「君は、意外と嘘が下手だ」

「どういう意味です？」

「だからさ、君は嘘を吐くとき、表情を読み取られまいと、殊更無表情になるんだよ」

――痛いところを突いてくる。

大抵の人間は気付かないが、黒野相手では、見抜かれてしまうということだろう。

とはいえ、それを素直に認めるつもりはない。

「私は、嘘は吐いていません」

「それはどうかな？　アレスは、詳細不明のテロリストだと言っていたよね。でも、あれは嘘だ」

――やはり、気付いていたか。

「何のことですか？」

「前にも言ったけど、君たちの内部資料は削除したとしても、ぼくがかつて所属していた組織には、彼に関する資料があったんだ。言っている意味は分かるよね」

——厄介な男だ。

それが、リカの素直な感想だった。

黒野が以前、所属していたのは、北朝鮮の工作員の養成所だ。彼らは、日本国内で様々な諜報（ちょうほう）活動を行っていた。

内部資料を削除したとしても、北朝鮮側が独自に集めたデータの中には残ってしまう。

「知っているのなら、私からわざわざ説明するまでもないと思います」

これ以上、シラを切るのは不可能だと判断して口にした。

「やっぱりね。アレスは君の仲間ってことだ」

黒野が、メガネの奥で目を細めた。

切れ長の彼の目が、獰猛（どうもう）な猛禽類（もうきんるい）のように感じられる。

「正確には、仲間だった——つまり過去形です」

それが真実だった。

アレスのコードネームで呼ばれる、白髪の男は、かつてはリカたちと同じ、内閣情報調査室のエージェントだった。

戦闘能力はもちろんのこと、明晰な頭脳と判断力を持ち、彼の右に出る者はいなかった。

そうして、ついたコードネームがアレス（闘神）だ。

「彼は、なぜ裏切ったんだい？」

黒野が、両手を広げておどけたような口調で訊ねてくる。

彼の言う通り、アレスは一年ほど前に、突如として内閣情報調査室から姿を消した。

事態を重くみた上層部は、アレスに関するデータを削除した。

アレスが、内閣情報調査室に対して牙を剝くことは明白だった。問題が起きたとき、彼を造り出したのが自分たちであることを隠そうとしたのだ。

「それは分かりません」

リカが頭を振ると、黒野が再び笑った。

「また嘘を吐いた」

――本当に嫌な男だ。

「嘘ではありません。彼は、本来の任務を忘れ、テロリストに成り下がったのです」

「違うね。彼は、明確な目的を持って行動している」

「目的とは何です？」

「それは、ぼくより君たちの方が分かっているだろ」

「何のことだか……」

「惚けるのは勝手だ。まあ、ぼくの推測だと、クロノスシステムが関係している——違うかい？」

——違う。

そう言おうとしたが、止めておいた。どうせ黒野のことだ。リカが何を言おうと、真実を見抜いてしまうだろう。

「ノーコメントです」

そう言うのが、精一杯の反論だった。

「君たちは、今回のテロを阻止することの他に、彼を抹殺するという目的もある。だから君たちは、ぼくたちに協力している。そうだろ？」

「それについては、否定しません」

アレスの抹殺については、永倉から指示を受けている。

彼の目的が何であるにせよ、これ以上、野放しにすることはできない。

「だけど、勝てるかな？」

黒野が顎に手を当て、試すような視線をリカに向ける。

「どういう意味です？」

「言葉のままだよ。悪いけど、彼には勝てない」

「やってみなければ分かりません」

「それ、本気で言ってる？」

「もちろん」

「あんな化け物と、どうやってやり合うのさ」

「同じ人間です」

「違うだろ。それは、君だって分かっているはずだ」

黒野の鋭い視線がリカを射貫く。

「何が言いたいんです？」

「アレスは、ただの人じゃない。あれは、薬物により、筋力を始めとした、様々な能力を増強している。いわば超人だろ」

リカは、肯定も否定もできず、ただ口を引き結んだ。

「だんまりを決め込むなら、それもいい」

黒野は、満面の笑みを浮かべると、くるりと踵を返して歩き去った。

十

真田はバイクに跨り、エンジンを空吹かしした——。

SUZUKIのバンディット1250。

黒いボディーのネイキッドタイプのバイクだ。

水冷4気筒。3500回転で最大トルクを発生するエンジンは、直進での加速はもちろん、曲がりくねった道でも抜群の操作性を発揮する。

「いい感じだろ」

バイクを運んで来てくれた河合が、腰に手を当てながら得意げに言った。

河合は、バイクショップのオーナーで、かつては暴走族のリーダーを務めていた男だ。警察時代の山縣に出会い、更生した経緯があり、これまでにその伝で何度もバイクを手配してもらっている。

「ああ」

急に頼んだにもかかわらず、しっかりと整備されていて扱い易そうだ。

「ハンドリングが少し固いから注意しろよ」

「大丈夫。任せておけって」

「そう言って、毎回バイクをぶっ壊すのは、どこのどいつだ?」

河合が真田の頭を小突く。

「壊したくて、壊してるわけじゃねぇよ」

自分の意思で、バイクを壊したわけではない。とはいえ、もう数え切れないほど壊しているのも事実だ。

「ったく。今度壊したら、マジでもう手配しねぇからな」

「分かってるって」

「それから、公香さんとのデートの約束、忘れんじゃねぇぞ」

河合は、公香に好意を寄せている。

その気持ちをいいように利用して、これまで散々と無茶を言って来た。そろそろ、本気でデートの一回でもさせてやらないと、厄介なことになりそうだ。

「それも分かってるよ」

真田が答えると、河合はため息を吐きつつも、ガレージの前に停めてあった軽トラックに乗って走り去って行った。

「ようやく行ったみたいだね」

軽トラックが見えなくなると、ガレージの奥から黒野が現われた。

「隠れてたのかよ」

「ぼくは、粗野な人間が嫌いなんだよ」

黒野が苦笑いとともに言った。

そういえば、前回の事件のとき、黒野と河合は威嚇(いかく)し合っていた。確かに、相性は良くないので、顔を合わせない方が得策だろう。

「それで——場所は分かったのか?」

「楽勝だよ」

黒野が得意げな笑みを浮かべ、指先でメガネを押し上げた。

キザったらしい仕草だが、黒野がやると妙に様になる。

「どうやって割り出したんだ?」

「簡単な話だよ。監視カメラをハッキングしたのさ」

「監視カメラ?」

「そう。昨晩、イーグルアイは公香さんと鳥居さんを襲撃している。飛び去った方角を割り出し、その近辺で、イーグルアイを隠しておけそうな地点をざっくりと割り出す。あとは、近辺の監視カメラの映像を解析すれば、自(おの)ずと見えてくる。今は、街のあちこちに監視カメラがあるからね」

「だけど、どうやって？」

一口に監視カメラの映像を見ると言っても、そう簡単にはいかないはずだ。いちいち、設置してある場所を回って、見せてくれとお願いして歩くような時間はなかったはずだ。

「だから、ハッキングだよ」

黒野は、さも当たり前のように言う。

「ハッキングって、お前、それ犯罪だろ」

「細かいことを気にするんだね」

「細かくねぇよ。それに、そう簡単にハッキングなんてできるのかよ」

「知らなかった？　最近の監視カメラは、簡単に設置するために、ワイヤレスで映像の電波を飛ばしてるんだ。つまり、そこら中に映像データが飛び交ってるってわけ」

黒野は、ひらひらと手を振ってみせる。

利便性を求めた結果、セキュリティーに大きな穴が空いているというわけだ。

「まったく。お前って奴は……」

真田がため息を吐くと、黒野は嬉しそうに、にいっと笑ってみせた。

「見直した？」

「逆だよ。呆れてんだ」

「素直じゃないな」

「うるせぇ！」

怒りをぶつける真田のことなどお構い無しに、黒野がヘルメットを被り、タンデムシートに乗った。

「このバイクも、乗り心地が良くないね」

黒野が、座るポジションを確認しながら文句を言う。

河合が聞いていたら、バイクから引き摺り降ろされているところだ。

「文句を言うんじゃねぇ」

「文句じゃない。ただの感想だよ」

「そうは聞こえねぇよ」

「君の心が狭いんだよ」

——まったく。嫌な野郎だ。

真田はヘルメットを被り、再びエンジンをかけた。

気分が高揚する反面、怖さもあった。

脳裡にアレスの顔が浮かぶ。

——今度、あの男に会ったら、勝てるだろうか？

正直、勝てる気がしない。あれほどまでに実力差がある相手と、どう立ち合っていいのか分からないのが本音だ。

〈どうしたの？　怖じ気付いちゃった？〉

イヤホンマイクを通して、黒野の声が聞こえて来た。

「そんなんじゃねぇよ」

〈嘘が下手だね〉

「何だそれ」

〈でも、安心していいよ〉

「安心？」

〈あの男は多分……〉

「何だ？」

〈まあ、行けば分かるさ〉

肝心なことをはぐらかされてしまった。

おそらく、これ以上何を聞いたとしても、黒野は答えないだろう。

何にしても、ここまで来たら、行くしかない。今回の作戦に、何千人もの命がかかっているのだ。

——志乃。守ってくれよ。

真田は、心の中で念じてから、アクセルスロットルを捻り、バイクをスタートさせた。

十一

川崎工業地帯の一角にある廃工場——。

それが、黒野が割り出したテロリストたちの潜伏先だった。廃墟であれば、人の目を気にすることなく身を隠しておくことができる。

古典的ではあるが、有効な隠れ蓑といえる。

山縣は、近くにあるコンテナの陰から、双眼鏡を使って件の廃工場を観察する。

使用されていないはずの工場の建物の前に、大型のトレーラーが置かれている。それだけでなく、立体駐車場で目にしたSUVも確認できた。

「どうやら、ここで間違いないようだ」

山縣が小声で言うと、隣に立つリカが小さく頷いた。

こうやって改めて目を向けると、リカが意外と小柄だったことに気付かされる。

唐沢からもたらされた資料で、リカの過去を知った。

彼女のような若い女性が、内閣情報調査室の工作員として活動している理由は、その過去にあった。

リカの父親は、表向きはフリーのジャーナリストだった。だが、実際は彼女と同じ内閣情報調査室の工作員で、永倉の同僚だった。

リカが生まれて間もなく、任務で内戦の続く中東に赴き、そのまま消息を絶った。

おそらくは、諜報活動の中でテロリストに捕縛され、命を落としたのだろう。

非合法の任務であるために、国からは何の補償もなく、母と娘、二人で困窮した生活を送ることになった。

リカが六歳になった頃、母親が再婚した。

再婚相手の男は、ろくに働きもせず、ほぼヒモ同然だった。そのせいで、リカの生活はさらに苦しいものになった。

それだけでなく、義父は、リカを虐待するようになった。

痣や生傷、火傷の痕が絶えなかったらしい。

母親は、それを知っていながら、見て見ぬふりを続けていた。我が子の無事より、男に捨てられ、一人になることを怖(おそ)れたのかもしれない。

幼い子どもは、自らの意志で環境を選ぶことはできない。たとえ、それがどんなに過酷なものであったとしても、与えられた場所で生きなければならない。

言葉にしてしまうのは簡単だが、リカにとって、苦痛に塗(まみ)れた生活であったに違いない。

それでも、彼女は耐えた。おそらくは、そこにしか自分の居場所がなかったからだろう。それに、子どもには逃げ道がない。

それから四年ほどして、リカの母親は、男に捨てられた。

男のために、方々に借金をして、首が回らなくなっていた。金が引き出せなくなったことで、用無しと扱われたのだろう。

男が去ってから、ほどなくして、リカの母親は自ら命を絶った。

一人になったリカは、すぐに行動を起こした。

義父の居場所を突き止め、彼の許(もと)に赴き、これまでの鬱憤(うっぷん)を晴らすかのように、包丁で滅多刺しにして殺害した。

わずか十歳にして、人を殺した。

しかも、計画的に——。

リカはどんな感情を持って、義父であった男を殺害したのだろう？　母親の復讐(ふくしゅう)だったのか？　それとも、元々、男に対して持っていた憤怒(ふんぬ)の感情が、母親の死をきっかけに爆発したのか？

山縣には、その両方であったように思える。

その後、リカを引き取ったのが、永倉だった。といっても、養子として、自らの子として育てたわけではない。

当時、内閣情報調査室の中では、あるプログラムが進行中だった。身よりのない子どもを集め、トレーニングを行い、より優秀な工作員を育成するというものだった。現在のＳＴＵの前身だ。

リカはそこに抜擢(ばってき)された。

本人がそう望んだのではない。他に、居場所がなかったのだ。愛のない家庭に育ち、自分の意志とは関係なく工作員としての教育を受けた境遇は、黒野によく似ている。

だが、それ故(ゆえ)に分からないことがある。

リカは任務のために、躊躇(ためら)うことなく自らの命を差し出している。望まぬかたちで与えられた任務に、命を懸ける意味があるのだろうか？

「何を見ているのですか？」

リカが、怪訝な表情で訊ねて来た。

「いや、何でもない……」

山縣は、慌てて首を振ったものの、自分でも滑稽だと感じるほどぎこちない挙動になってしまった。

リカは、それを見て全てを察したのか、苦笑いを浮かべた。

「任務の前に、余計なことを考えるのは止めて下さい」

「余計なこと……か。相手のことを知るのが余計なことだとは、私は思わない」

「能力を知るのは必要なことですが、その人物の過去まで知る必要はありません」

「あるさ。人は、過去の上に立っているんだからな」

どんなに感情を包み隠そうとも、過去を消すことはできない。そして、過去の経験をもとに、人は物事を判断し、考えを巡らせる。

「もし、私の過去に同情しているのであれば、止めて下さい」

「同情ではない。だが、気にはする」

「それが、判断を鈍らせます」

「君が、他人を知ろうとしないのは、それが理由か?」

「そう考えて頂いて構いません」

リカは、断固とした口調で言った。

そうやって自分という個を排除しようとする姿が、山縣にはとても痛々しく見えた。

「哀(かな)しいな」

「何がです?」

「君は、生きる楽しみを知るべきだ」

山縣の言葉に、リカがふっと笑みを浮かべた。

感情を緩めた笑いではない。蔑(さげす)みの混じった冷笑だ。

「本気で言っているんですか?」

「もちろんだ」

「奇妙な人ですね。こんなときに、生きる楽しみを説くなんて……」

リカが力なく頭を振った。

今の言葉が、これまでのリカの人生を象徴しているかのようだった。

おそらく彼女は、任務のために個を排除することを、教育されて来たのだろう。それが、正しいこととして——。

「今からだって遅くない。自分を持つべきだ」

「私には、持つべき個は存在していません――」

リカの目に、今までとは異なる感情が一瞬だけ生まれた。

しかし、そこに何が込められているのか、山縣には判別できなかった。

十二

「ここでいいだろう――」

前を行く鳥居が足を止めて言った。

プレハブの建物の三階部分だ。今は使用されていないらしく、ガランとした空間が広がっている。

埃(ほこり)とオイルの入り混じった匂(にお)いがして、あまり居心地のいいものではなかった。

「何か、気味が悪いわね」

公香が言うと、鳥居は「そうだな」と応じながらも、窓の近くに移動して、ライフルの組み立て作業を始めた。

無駄な動きが一切ない。慣れているだけある。

公香も、担（かつ）いで来たバッグを下ろし、中から双眼鏡を取り出し、黒野が割り出した廃工場の様子を窺（うかが）う。

ここからだと、直線距離で二百メートルといったところだろう。

廃工場の前には、黒いＳＵＶが停まっているのが見えた。昨晩、立体駐車場に現われた車だ。

――さすがは黒野だ。

口は悪いし、何を考えているのか分からない男ではあるが、分析能力だけは、認めなければならない。

しかし、今回の作戦は無謀だと言わざるを得ない。

武装したテロリストたちに、素人（しろうと）同然の自分たちだけで立ち向かおうなど、正気の沙汰（さた）ではない。

「風は？」

鳥居が訊ねて来た。

もう、ライフルの組み立てを終えたようだ。

「海側から、風速五メートル」

公香は、双眼鏡の表示を確認しながら答える。

鳥居は「ありがとう」と応じながら、ライフルのスタンドを立てて設置すると、伏射の姿勢で構え、スコープを覗く。

こうやってライフルを構えているときの鳥居は、空気が一変する。集中しているからなのかもしれないが、近寄り難い雰囲気になる。殺気のようなものとは違う。もっと、崇高な何か——だ。

「どうした？」

鳥居が、スコープを覗いたまま訊ねて来た。

後ろに目があるのではないかと思うほどの察しの良さだ。見とれていた——などとは間違っても言えない。

「何でもないわ」

公香は、苦笑いとともに言うと、双眼鏡を使って山縣たちの姿を捜した。

——いた。

件の廃工場の近くにあるコンテナの陰に隠れている、山縣とリカの姿が確認できた。

二人は、話をしているようだ。ここからでは、何を話しているのか聞き取ることはできない。

二人の雰囲気からして、作戦のことというより、もっと個人的な何かという感じがする。

——いったい何を話しているの？

「山縣さんたちはいたか？」

鳥居が、ライフルを構えたまま再び声をかけて来た。

本当に背中に目があるみたいだ。

「ええ」

「そうか。そんなに心配しなくても大丈夫だ」

「何のこと？」

公香が答えると、鳥居がスコープから目を外し、公香の方に顔を上げた。

微かにではあるが、笑みを浮かべているようだった。

「山縣さんが心配なんだろ」

全てを見透かしたように鳥居が言う。

「そりゃ心配するわよ。相手はテロリストなのよ」

「それだけか？」

「どういう意味？」

「大丈夫だよ。山縣さんは、君を裏切るようなことはしないさ」

鳥居の言葉に、公香は深いため息を吐いた。

どうやら、妙な誤解をしているらしい。今の鳥居の言い様では、まるで公香が女として、リカに嫉妬しているみたいに聞こえる。

「私は、別にそんな風には思ってないわよ」

「そうか？　私には、そう見える」

鳥居の視線は、疑いが込められていた。

「違うわよ。ていうか、鳥居さんって、そういうこと言う人だとは思わなかったわ」

公香が怒った口調で言うと、鳥居が小さく笑った。

「少しは、緊張が解けたみたいだな」

――ああ。そういうことか。

自分でも気付いていなかったが、公香は必要以上に緊張していたようだ。

これからテロリストを相手にするのだから、無理からぬことだが、そんな状態では、バックアップどころか、足を引っ張ることになりかねない。

「言っておくけど、私は、彼女のことを気にしてるわけじゃないからね」

公香が念押しするように言うと、鳥居は「分かってる」と応じて、再びライフルを構えてスコープを覗いた。

——ここまで来たら、やるしかない！

公香は、深呼吸をして気持ちを切り替えると、イヤホンマイクを無線に繋いだ。

「セッティングできたわよ」

〈こちらも、準備はできている〉

すぐに山縣からの応答があった。

〈こっちもＯＫだぜ〉

次いで、真田からも返答が来た。

——いよいよだ。

公香は、息を呑み込んだ。

十三

「勝算はあるのか？」

真田は、タンデムシートの黒野に訊ねた。

「さあね。運が良ければ——」

黒野が笑みの混じった口調で答える。

頭脳を武器にして、いついかなるときも冷静沈着な黒野の口から「運」という言葉が飛び出して来るとは思わなかった。

黒野の大きな変化なのかもしれない。

「では、行くとしますか」

真田はヘルメットを被り、バイクのエンジンをかけた。

身体を揺さぶるエンジンの震動が、真田の中にある血をたぎらせる。まだ、色々と分からないことはある。だが、ここまで来たらやるしかない。

多くの命が失われるのを見ていられないというのもあるが、眠り続けている志乃の為にできる唯一のことでもあるからだ。

いつか目を覚まし、微笑みかけてくれると信じて、今は突き進むしかない。

〈ぼくたちは、あくまで陽動だ。とにかく敵の注意を引きながら、逃げ回ることが重要になる〉

「つまり、派手にやれってことだろ?」

〈そういうこと——〉

黒野が言い終わるや否や、真田はフルスロットルでバイクをスタートさせた。

スピードを落とさず、一気に廃工場の敷地に突入した。

工場の入口前――SUVの前に立っていた見張りの男が、驚愕の表情を浮かべる。

男が、日本語ではない言語で叫び声を上げながら、腰のホルスターから拳銃を抜こうとする。

真田は、それよりも早く、男の脇をバイクで駆け抜けながら、蹴りをお見舞いした。

男が仰向けに倒れる。

「一丁上がり！」

真田は、砂埃を巻き上げながらドリフトターンを決める。

〈余裕をかましている場合じゃないよ〉

黒野が言う。

見ると、騒ぎを聞きつけたのか、工場の入口ドアが開き、二人の男が飛び出して来た。

二人とも、自動小銃で武装している。テロリスト御用達のＡＫ47だ。

「ヤバイ！」

真田は、アクセルを吹かして、ウィリーをしながらバイクを急発進させる。

男たちは、容赦なく発砲してきた。

連続した銃声が追いかけて来る。

必死にかわそうとしたが、流れ弾の一つが、バイクのブレーキランプに命中して砕け散った。

その拍子に、バランスを崩して転倒してしまった。

〈君は、運転が下手なのか?〉

黒野が、文句を言いながらゆらゆらと立ち上がる。

「うるせぇ!」

反論してみたものの、状況は最悪だ。AK47を構えた男たちが、にじり寄って来ていた。

真田も立ち上がろうとしたが、AK47が火を噴き、すぐ目の前に着弾した。

男の一人が、早口で何かをまくし立てている。怒っているらしいことは分かるが、具体的な内容は分からない。

〈ぼくたちを殺すってさ。その前に、拷問して苦しめてやる――そう言ってるよ〉

黒野が言った。

どうやら、中東系の言語も習得しているらしい。その頭脳は認めるが、この状況で悠長に訳しているのが腹立たしい。

「ご丁寧にどうも」

〈で、どうする?〉

「決まってんだろ。ぶちのめす！」

真田が言うと、黒野が笑った。

〈この状況で？　撃たれるよ〉

「だろうな——」

真田が言い終わるなり、尾を引く銃声が轟いた。

その途端、男のうちの一人がＡＫ47を取り落とし、腕を押さえて蹲った。

もう一人の男が、慌てた様子でＡＫ47を構えたまま、辺りに視線を向ける。何が起きたのか分かっていないのだろう。

——遠距離からの狙撃だ。

真田はその隙を突いて、ＡＫ47を構えた男に向かって突進した。

男が気付いたときには、真田はもう懐に飛び込んでいた。

まず、頭突きをお見舞いする。ヘルメットを被ったままの強烈な一撃を喰らった男は、よろよろと後退る。

「逃がすかよ！」

真田は、大きく跳躍すると、追い打ちの飛び膝蹴りを鼻っ柱に叩き込んだ。

男は、そのまま仰向けに倒れて動かなくなった。

「拷問できなくて、残念だったな」

真田の捨て台詞を遮るように、叫び声がした。

見ると、腕を撃たれて蹲っていた男が立ち上がり、片手でＡＫ47を構えていた。

ＡＫ47は反動が大きい。あんな状態で撃てば、弾丸はあらぬ方向に飛んで行くだろう。だが、それ故に下手に動くことができない。

――しまった。

舌打ちをした真田だったが、その不安は一気に解消された。

黒野が、ＡＫ47を持った男の背後に立ったかと思うと、滑らかな動きで手首を掴み、そのまま放り投げてしまった。

背中から地面に叩きつけられた男は、白目を剝いた。

前に真田も、黒野に同じように投げられたことがある。はっきり言って、あれは痛い。

〈何やってんのよ！　油断し過ぎよ！〉

イヤホンマイクを通して、公香のキンキン声が飛んで来た。

「騒ぐなよ」

〈騒ぎたくもなるわよ。鳥居さんがいなかったら、あんたたち死んでたのよ〉

まさに公香の言う通りだ。

鳥居が狙撃で援護してくれなければ、とっくにお陀仏だっただろう。

「援護してくれるって信じてたからな」

〈あんたねぇ……〉

「結果オーライだろ」

〈そうでもない〉

真田の言葉を、黒野が遮った。

「え？」

〈ヤバイのが出て来たよ〉

黒野が指差した方向に目を向ける。

そこには、ツインローターを持ったＵＡＶ、イーグルアイがホバリングしていた。

「マジか！」

〈逃げた方が良さそうだ〉

「賛成」

真田は、言い終わるなりバイクに駆け寄り、エンジンをかける。

黒野がタンデムシートに飛び乗るのを確認してから、アクセルスロットルを捻り、バイクをスタートさせた。

イーグルアイに装備された重機関銃が、容赦なく火を噴いた。

十四

「予定変更だ。真田たちの援護に向かう――」

山縣は鋭く言った。

当初の予定では、真田たちが陽動をしている間に、廃工場の中に侵入し、ＶＸガスを奪取するはずだった。

しかし、今はそんなことをしている場合ではない。

真田たちが、武装したイーグルアイに追われているのだ。何とか、バイクで逃げ回っているが、それも長くは続かないだろう。

飛び出して行こうとした山縣の腕をリカが掴んだ。

「ダメです」

リカが、冷淡な口調で言う。

「なぜだ？」

山縣は疑問を口にしながらも、その答えが分かっていた。

リカは個の感情を排除して、任務の遂行を優先させる。真田たちを見殺しにして、VXガスの回収に当たるべきだというのが、彼女の判断なのだろう。

どちらが、犠牲が多くなるか——という数の論理でいえば、VXガスの回収を行うべきなのだろうが、山縣にはそういう判断ができない。

「あなたは甘過ぎます」

リカが憐れむような視線を山縣に向ける。

「甘いかもしれない。だが、私には家族を見捨てることはできない」

「血も繋がっていないのに、彼らを家族だと言うのですか?」

「そうだ。私にとって、かけがえのない家族だ」

山縣は、リカの腕を強引に振り払って走り出した。

しかし、何歩も進まぬうちに、身体に強烈な痛みが走った。足がもつれ、横向きに倒れてしまった。

いったい、何が起きたのか分からなかった。

混乱している山縣の右の脇腹に、強烈な痛みが走った。焼き鏝を当てられたような、熱を持った痛みだ。

前にも、同じような痛みを感じたことがある。

――撃たれた。

それを自覚した山縣は、脇腹に手を当てる。

シャツが濡(ぬ)れていた。おそらくは、自分の血だろう。

――どこから撃たれた？

山縣は疑問を感じながらも、立ち上がろうとした。しかし、身体に力が入らず、途中でバランスを崩して仰向けに倒れた。

空が見えた――。

青く澄み渡った空だ。

額を汗が伝う。

指先が痺(しび)れてきただけでなく、視界も霞(かす)んできた。

遠くで断続的に銃声が轟(とどろ)いている。

――真田たちはどうなった？

助けに行きたいが、身体が動かない。

「ぐぅ」

唸(うな)り声を上げる山縣を、誰かが覗(のぞ)き込んで来た。

——リカだった。

無表情に山縣を見下ろすリカの手には、硝煙の立ち上るグロックが握られていた。

「君か……」

山縣は、ようやく誰に撃たれたのか理解した。

「残念です」

リカが、静かに言った。

その言葉を聞き、山縣の頭の中で様々なことが繋がった。

永倉から聞かされた。愛国者を名乗る秘密結社がある——と。アレスは愛国者の一員で、今回のテロを国内から手引きしたとも——。

だが、それは違ったようだ。

おそらくは、リカの方こそがムハンマドたちテロリストを手引きした愛国者の一員なのだろう。

リカの目的は、山縣たちに協力することではなく、妨害することだった。その上で、彼らのテロを成功させることだったのだろう。

永倉は、このことを知っていたのだろうか？

考えるまでもない。知っていたに違いない。そうでなければ、わざわざリカを山縣たちのところに派遣するはずがないのだ。

今回の作戦も、テロリストに筒抜けだったに違いない。まんまと嵌められたのだ。こうなったら、山縣はもう助からないだろう。それはいい。だが——。

「頼む……せめて、真田たちは、見逃してくれ……」

山縣は、力を振り絞って口にした。

そんな山縣を見て、リカが不思議そうに首を傾げた。

「この期に及んで、自分のことより、彼らの心配ですか?」

「頼む……彼らだけでも……」

「やはり、あなたは甘過ぎます——」

無情な言葉とともに、リカの目に冷徹な光が宿った。

十五

真田は、蛇行しながらバイクを走らせた——。

イーグルアイは上空から執拗に追跡し、次々と重機関銃の弾を撃ち込んでくる。

さすがに、いつまでもこのまま逃げ続けられるとは思えない。

――どうする？

そう思った刹那(せつな)、イーグルアイから小型のミサイルが発射された。

「嘘(うそ)だろ！」

重機関銃だけでなく、ミサイルまで装備しているとは――。

何とか直撃はかわしたものの、ミサイルは十メートルほど前方に着弾して爆発した。

熱風に煽(あお)られ、真田はバイクもろとも吹き飛ばされた。

気付いたときには、地面に這(は)いつくばっていた。

耳鳴りがして、視界がグラグラと揺れる。

〈真田！　生きてる？　返事をして！〉

イヤホンマイクから、公香の悲痛な叫びが聞こえて来た。

「何とか、生きてるみたいだ……」

真田は噎(む)せ返りながら、辺りに視線を走らせる。五メートルほど前方に、黒野の姿があった。

上体を起こし、頭を振っている。どうやら、生きてはいるらしい。

ほっとしたのも束(つか)の間(ま)、すぐ目の前にイーグルアイがホバリングしていた。可動式の銃身が、真っ直ぐに真田を捉えている。

――ヤバイ！

立て続けに三発の銃声が響いた。

撃たれたのかと思ったが、そうではなかった。

胴体とローターに銃弾を受けたイーグルアイが、バランスを崩してふらふらと揺れている。

〈今のうちに逃げろ――〉

聞こえて来たのは鳥居の声だった。どうやら、彼が援護射撃をしてくれたらしい。

真田は素速く立ち上がり、黒野の腕を引っ張って走り出した。

そのまま、近くにある倉庫の中に駆け込んだ。

ヘルメットを脱ぎ捨て、ふっと息を吐く。本当に危なかった。

「君に助けられるとは、一生の不覚だよ」

ヘルメットを脱いだ黒野が、ヘラヘラと緊張感のない笑みを浮かべている。

「素直に感謝できねぇのかよ」

「したじゃないか」

「それが感謝？」

「恩着せがましい男は、嫌われるよ」

――この野郎！

叫ぼうとしたが、それを銃声が遮った。

イーグルアイが、倉庫の外から、無差別に銃撃して来たのだ。

倉庫の壁に次々と穴が空く。

「クソッ！」

真田は慌てて駆け出し、コンテナの陰に身を隠した。

目を向けると、黒野も同じようにコンテナに背中を預け、息を切らしている。さすがの黒野も、危機的状況の連続に、表情が硬くなっているように見える。

一旦は、身を隠したが、銃撃はまだ続いている。このまま、隠れ続けるわけにもいかない。

「どうする？」

真田が訊ねると、黒野が口角を吊り上げて笑った。

最近、黒野の笑みにもバリエーションがあることに気付いた。こういう笑い方をするときは――。

「何か考えがあるのか？」

「あるといえばある」

「早く言え」

「かなり危険な賭けだよ。ぼくを信じられるかい？」

黒野がメガネの奥で目を細める。真田を試しているのだろう。そういう態度に、無性に腹が立つ。

「最初から信じてるよ。バーカ」

嘘ではない。確かに、出会った頃は疑っていたし、今でも対立はしょっちゅうだ。その態度にむかつくことは一度や二度じゃない。

だからこそ、黒野がどんな男かは、理解しているつもりだ。

「君らしい答えだね」

「何だそれ？　それより、さっさと作戦を言え」

「あれを見て――」

黒野が、窓を指差した。

そこからは、船からの荷物を積み降ろしする、大型のクレーンが確認できた。

――なるほど。

真田は、それだけで黒野の意図を察した。まさに以心伝心という奴だ。悔しいが、黒野とは相性がいいらしい。

「おれが囮(おとり)になって、引きつければいいんだな」

「正解」

「まったく。無茶苦茶な作戦だな」

「君に言われたくない」

「そりゃそうだ」

「まあ、安心してよ。鳥居さんが援護してくれるよ」

「簡単に言いやがって！」

真田は、吐き出すように言うのと同時に、一気に駆け出した。

銃弾の雨をかいくぐりながら、倉庫の外に出る。

真田は、腰のホルスターから拳銃(けんじゅう)を抜き、ホバリングしているイーグルアイに狙(ねら)いを定めると、立て続けにトリガーを引いた。

射撃は、あまり得意ではない。

五発撃って、命中したのは二発だけだった。そもそも、38口径の弾丸で、イーグルアイを落とせるなんて思ってない。ただ、注意を引きつけられればいい。

イーグルアイがゆっくりと旋回して、真田に鼻先を向ける。

——殺られる！

そう思った瞬間、銃声とともに、イーグルアイのカメラが砕け散った。

カメラが破壊され、真田を見失ったイーグルアイは、あらぬ方向に銃撃を開始する。

——鳥居の狙撃だろう。

「サンキュー」

鳥居たちがいる方向に向かって、真田は親指を立ててみせる。

〈油断している余裕はないわよ。早く逃げて。すぐにサブのカメラに切り替わるわよ〉

イヤホンマイクから、早口に言う公香の声が聞こえて来た。

「分かってる」

真田は、さっき乗り捨てたバンディットに駆け寄る。

フロントカウルは砕け散り、サイドミラーも粉々になっているが、エンジンさえかかればいい。

「頼む。走ってくれよ」

真田は車体を起こし、エンジンをかける。

しかし、セルの空回りする音が続くだけで、エンジンが動かない。

そうこうしているうちに、ホバリングしていたイーグルアイが、旋回しながら真田の姿を捉えた。

「動け！」

真田は、叫びながらもう一度トライする。

今度はエンジンに点火した。

アクセルスロットルを捻（ひね）り、バンディットをスタートさせると同時に、背後で銃撃音がした。

——危なかった。

とはいえ、安心はできない。イーグルアイからの銃撃は続いている。

真田は、蛇行してバイクを走らせる。

イーグルアイから放たれた弾丸が、あちこちで火花を散らし、砂煙を巻き上げる。

このままでは、やられるのも時間の問題だ。

「黒野！　まだか！」

〈お待たせ。準備ができたよ〉

黒野から返答があった。

真田は、素速く位置関係を確認すると、大きくターンをして大型のクレーンに向かって走る。

イーグルアイも、すぐに旋回して追ってくる。

大型のクレーンを通り過ぎたところで、真田は同じ位置で回転するようにドリフトを繰り返す。

タイヤが焼け焦げ、白い煙が巻き上がる。

即席の煙幕だ。

イーグルアイは、ホバリングしながら、高度を落とす。

ローターの風で、視界を確保しようという魂胆だろう。

煙がみるみる晴れていく。

視界を確保したイーグルアイは、装備された重機関銃の銃身を、真っ直ぐに真田に向ける。

――絶体絶命！

だが、真田にもう逃げる気はなかった。

諦めたわけではない。自分の役目が終わったからだ。

イーグルアイが、今まさに真田に発砲しようとした瞬間、クレーンのフックが、真っ直ぐ落下してくる。

巨大な鉄製のフックが、イーグルアイのローターに直撃する。

片側のローターを失ったイーグルアイは、急速にバランスを崩し、地面に叩きつけられ、爆炎とともに、機体が粉々に砕け散った。

ほっとしたのも束の間、真っ赤に燃えさかる炎の中から、ローターの羽根が回転しながら真田に襲いかかってくる。

——ヤバイ！

真田は、バイクを飛び降り身を伏せる。

危うく飛んで来たローターで身体を切断されるところだった。

〈上手くいったみたいだね〉

黒野の声がした。

視線を上げると、クレーンを操作している黒野の姿が見えた。

「何が上手くいった——だ。危なく、巻き込まれるとこだっただろ！」

〈油断しているから、いけないいんだよ〉

「うるせぇ！」

——本当に嫌な奴だ。

第四章　ARES

双眼鏡で、墜落するイーグルアイを確認した公香は、ふうっと長い息を吐いた――。

〈助かったぜ〉

イヤホンマイクを通して、真田の声が聞こえて来た。

命の危機にあったというのに、いつもと変わらぬ軽い口調。真田らしいといえばそうなのだが、公香の怒りを刺激した。

「何が助かったよ！　無茶もいい加減にしなさいよ！」

公香が大声を上げると、真田からため息が返って来た。

〈無茶したくて、やってるわけじゃねぇよ。あんなのが出て来たら、仕方ねぇだろ〉

「言い訳してんじゃないわよ！」

一喝したものの、真田の言い分ももっともだ。

イーグルアイが、いきなり襲いかかって来るのは想定外だったし、あれだけの攻撃を受けたら、無茶の一つもしなければ対応できない。

「山縣さんは、どうなった？」

伏射の姿勢でライフルを構えたまま、鳥居が言った。

その一言で、公香は気持ちを引き締め直す。イーグルアイは撃墜したが、まだ何も終わっていない。

「山縣さん。聞こえる？」

公香は、無線機につないだイヤホンマイクに向かって呼びかけた。

しかし——返事はなかった。

「山縣さん。どうしたの？　返事をして」

やはり応答がない。

公香の中に、嫌な感覚が芽生え、それがどんどん膨らんでいく。

今、山縣はリカと倉庫に侵入しているはずだ。双眼鏡を使って倉庫の様子を注視したが、それらしき姿が見えない。

それどころか、倉庫がやけに静まり返っている。

イーグルアイは撃墜したが、まだテロリストの一味がいるはずだ。それなのに、まるで気配が感じられない。

「妙だな……」

ライフルのスコープを覗きながら、状況を観察していた鳥居が口にする。

「山縣さん！　どうしたの？」

公香は、ほとんど叫ぶように呼びかけた。やはり反応はない。

胸の奥に、締め付けられるような痛みが走る。

「工場からトレーラーが出て行く」

鳥居の言った通り、工場の敷地から一台のトレーラーが出て来て、そのまま逃げるように走り去って行った。

――テロリストの一味は、逃亡を図ったということだろうか？

だとしたら、尚(なお)のこと山縣から応答がないのは不自然だ。焦燥感から、手にじっとりと汗が滲(にじ)む。

「どこにいるの？」

公香は口にしながら、双眼鏡を使って山縣の姿を捜す。

〈スタンバイ地点だったコンテナの裏だ――〉

答えたのは、黒野だった。

黒野は、大型クレーンの操縦席にいる。全体が見渡せるのだろう。

言われた場所に双眼鏡を向けた公香は、思わず絶句した。確かに、そこに山縣の姿はあった。

仰向(あおむ)けに倒れていて、腹の辺りから血を流しているようだった。

すでに息絶えているのか、ピクリとも動かない。

「山縣さん！」

公香は悲痛な声とともに、双眼鏡を取り落とした。

頭の中が真っ白になる。

最悪の事態だ。何だかんだ言いながら、自分たちは大丈夫だという甘えがどこかにあった。

それが間違いであったことを、まざまざと見せつけられているようだった。

「行くぞ！」

鳥居に声をかけられ、公香ははっと我に返った。

こんなところで、呆(ほう)けている場合ではない。公香は、鳥居のあとについて、急いで駆け出した。

なぜ、山縣が倒れているのか？　いったい誰にやられたのか？

そして——。

山縣の近辺に、一緒にいたはずのリカの姿がなかった。彼女は、いったいどこに行ったのか？

次々と湧き上がる疑問が、公香の心を大きく揺さぶった。

だが、今はそんなことを考えている場合ではない。

――お願い！　無事でいて！

頭の中で何度もその願いを口にしながら必死に走った。

公香がコンテナに到着したときには、すでに真田と黒野の姿があった。黒野が山縣の脇に屈み込み、応急処置をしている。

「山縣さん！」

公香は、真田を押し退けるようにして、山縣に駆け寄った。

目を閉じたままの山縣は、公香の呼びかけに応じることなく、ぐったりとしている。

身体の底から打ち震え、涙が零れ落ちた。

孤独で、自分の生きる場所も見つからず、彷徨うように生きていた公香に手を差し延べ、深い闇の中から救い出してくれたのは、誰あろう山縣だ。

山縣は、公香にとって父親も同然なのだ。

「山縣さん！　起きてよ！　お願いだから……」

公香は、山縣にすがりつき、必死に彼を揺り起こそうとしたが、いくらそうしても、山縣はピクリとも動かない。

「落ち着け」

真田が、公香の肩を掴んだ。

「離してよ！　山縣さんが！」

「お前が、ここで騒いだって仕方ねぇだろ！」

「そんなの分かってるわよ！　だけど……」

山縣が命を落とすなど、公香には到底、受容れられるものではない。

「大丈夫だ」

黒野が言った。

「助かるの？」

「出血は多いけど、急所は外れている。救急車も呼んであるしね」

黒野の言葉を証明するように、救急車のサイレンが近付いて来た――。

二

塔子は、クロノスシステムによって予知された映像の解析に没頭していた――。

イーグルアイを使い、ＶＸガスで攻撃を仕掛ける。

前代未聞のテロ行為だ。

死傷者数が何人になるのか、想像もできない。問題はそれだけではない。これは、明確な軍事行為と言っていい。

これまで、後方支援を行うに留まっていた日本も、これを機に、テロとの戦争に踏み出すことになるかもしれない。

反発の強い安保関連法案だが、一気に国民感情も動くだろう。

――もしかしたら、それこそが今回の目的なのではないか？

塔子は、頭に浮かんだ考えを慌てて振り払った。たったそれだけのために、数千人の人を犠牲にしていいはずがない。

そもそも、そんなことをして得をする人間などいない。

だが、否定しようとすればするほど、その自分の推測が正しいのではないかという気になってくる。

塔子の思考を遮るように、携帯電話が鳴った。

表示されたのは、想定外の人物の名前だった。電話に出たくない気持ちはあったが、彼が電話してくるからには、何か緊急の事態が発生したのだろう。

「はい。東雲です」

塔子は、震える声で電話に出た。

〈一つ訊きたいことがある〉

電話の相手である黒野が、開口一番に言った。

「何でしょう？」

塔子は、息を呑んでから訊ねる。

〈クロノスシステムは、新しい予知をした？〉

「いいえ」

なぜ、そんなことを聞くのか――塔子は、怪訝に思いながらも答えた。

イーグルアイを使ったテロを予知したあと、クロノスシステムは沈黙を続けている。

〈それは本当？〉

黒野の声は、疑念に満ちていた。

「本当です」

塔子が強い口調で答えると、電話の向こうで黒野が微かに笑った。

〈嘘は吐いていないらしいね〉

「……………」

何も言い返せない。

腹は立つが、塔子は疑われて然るべきことをしている。

〈だとしたら、やっぱり彼女か……〉

黒野が独り言のように言う。

「何かあったのですか？」

〈山縣さんが撃たれた〉

「え？」

一気に血の気が引いた。

彼らが、命を懸けた危険な任務を行っていることは分かっていたが、心のどこかで、それでも彼らだけは大丈夫――という無責任な安心感があったのかもしれない。

目の前に突きつけられた現実に、心の地盤が大きく揺らいだような気がした。

と同時に、疑問も浮かんだ。

――なぜクロノスシステムは、それを予知しなかったのか？

塔子は、窓の向こうで眠る志乃に目を向けた。彼女は、何も答えることなく、ただ眠り続けている。

〈まあ、死んではいないけどね〉

黒野の一言で、塔子は意識を引き戻される。

「それは良かったです……」

　心の底からほっとすると同時に、クロノスシステムが予知しなかった原因も分かった。システムが予知するのは、人の死だけだ。生きていれば、予知は起きない。

〈そんなことより、至急コクーンを確認して〉

「コクーンを？」

〈そう。たぶん、細工がしてあるはずだよ〉

「細工って、どういうことですか？」

〈クロノスシステムが、予知を行わないように、何かしらの妨害工作が行われているってことだよ〉

「なっ！」

　塔子は、驚きとともに席を立った。

〈いいから、早く確認して〉

「はい」

　塔子は、困惑しながらも、携帯電話を持ったままモニタリングルームを飛び出した。

　廊下を走り、コクーンのある部屋に入る。

　志乃は変わらず、コクーンの中で眠っている。

脈拍や心拍などの数値も正常だし、特に変わったところはない。そのことを、黒野に伝えようとした塔子だったが、ふと見慣れない物が視界に入った。コクーンのコントロールパネルの側面に、マッチ箱ほどの大きさの、黒い物体が取り付けられていた。

引き剝(は)がそうとしたが、しっかりと固定されていて、取ることができない。

――いったい何なの？

戸惑いを覚えながらも、塔子はそのことを携帯電話で黒野に伝えた。

〈たぶん、その装置でシステムをジャミングして、予知の情報が伝わらないようにしているんだ〉

黒野は、予(あらかじ)め用意されていた台詞(せりふ)のように、流暢(りゅうちょう)に告げる。

「ジャミング？」

〈そう。何にしても、復旧には時間がかかる。クロノスシステムは、頼りにできないってわけだ〉

黒野は何が面白いのか、笑い声とともに言うと、一方的に電話を切ってしまった。

――いったい何が起きているの？

塔子は、ただ放心することしかできなかった。

三

山縣を乗せた救急車が走り去って行くのを、真田は怒りとともに見送った——。

今の真田にできることは、山縣が回復してくれることを祈るだけだ。それが、もどかしい。

公香は、半ば放心状態でその場に座り込んでいる。

鳥居が、心配そうにそれを見つめていた。

誰がやったか知らないが、山縣をあんな目に遭わせた奴を絶対に許さない。

「多分、彼女だよ——」

真田の隣に立った黒野が、ポツリと言った。

「え？」

「だからさ、山縣さんを撃ったのは、たぶん蓮見リカだ」

「何だって？」

「別に、そんなに驚くこともないだろ。最初から、怪しかったしね」

黒野は、それが当然であるかのような物言いだが、真田はそれを素直に受容れることができない。

「何で、そういうことになるんだ？」

「君はこれまでの話を聞いてなかったのか？」

黒野が呆れたようにため息を吐く。

毎度のことだが、小バカにしたような態度が、本当に頭にくる。

「聞いていても、分かんねぇよ」

「威張ることじゃないだろ」

「うるせぇ！　いいから、ちゃんと説明しろ！」

「永倉さんの話では、愛国者を名乗る秘密結社の連中が、ムハンマド率いるテロリストの手引きをして、日本国内でＶＸガスを使ったテロを画策しているってことだったよね」

「ああ」

そこまでは、真田も理解している。

「ずっと謎だったんだ」

「何が？」

「ムハンマドは、Ｓ国の過激派テロ集団の創設からかかわった、大物中の大物だ。そんな男が、本当にわざわざ日本まで出張ってくるのか……」

黒野が、メガネの奥ですっと目を細める。

「何が言いたい？」

「ムハンマドは、テロリストであると同時に、S国の要人だ。簡単に国を離れることはできない。そもそも、ぼくたちは日本でムハンマドの姿を一度も見ていない」

言われてみればそうだ。

ここまで、何度かテロリストとやり合うことにはなったが、その中で、一度も写真で見たムハンマドの姿を確認していない。

「だけど……」

「言いたいことは分かる。S国のテロ組織が入国しているのは確かだ。現に、さっきもやり合ったわけだしね」

「だったら……」

「でも、あいつらはただの下っ端だよ」

「じゃあ、誰が今回の計画を？」

「おそらく、パトリックだろうね――」

黒野が、メガネを指で押し上げながら言う。

「バカな。パトリックは、もう死んでるだろ」

ホテルのバーで、手榴弾を抜いて自爆しようとしたところを、リカによって射殺された。

「だからさ。誰かが、パトリックの計画を引き継いだんだ」

「引き継いだ？」

「そう。最初に計画を立案したのは、ムハンマドで間違いないだろう。彼は、自分の部下であるパトリックを日本に派遣して、VXガスを使ったテロの準備を進めていた。そして、それを手引きしたのが――」

「愛国者」

真田が口にすると、黒野が大きく頷いた。

「そう。愛国者なる秘密結社は、パトリックの死亡により、頓挫した計画を再び動かしたんだよ」

「テロを実行するために――か？」

「そういうこと。ここで引っかかるのが、永倉さんとリカちゃんの説明だよ」

黒野が不敵な笑みを浮かべた。

こうやって説明されると、確かに不自然な部分が浮かび上がって来る。

「ムハンマドがテロの主犯で、日本に入国していると臭わせることで、自分たちに疑いの目が向けられることを避けたってことか？」

「君にしては、上出来だね。つまり、ここから分かる事実は――」

「永倉とリカは、愛国者って組織のメンバーだった」

真田が口にすると、黒野が「正解」と指をパチンと鳴らした。

「問題は、これからどうするか――だ」

黒野が試すような視線を、真田に向ける。

「どうとは？」

「テロ計画は、まだ生きている」

「でも、志乃はまだ何も……」

VXガスを使ったテロが行われるのであれば、それを志乃が予知しているはずだ。それが無いということは、UAVを失ったことで、今度こそ計画が頓挫したと考えられる。

「クロノスシステムに、ジャミング用の装置が取り付けられていた」

「どういうことだ？」

「つまり、志乃ちゃんが予知しても、塔子さんのモニタリングルームに、その情報が届かなくなっていたんだよ」

「誰がそんなことを！」

「リカちゃんだよ」

「何で？」

「分からない？　今回のテロを実行する上で、死を予知するクロノスシステムは、どうしても邪魔だったんだ。壊さなかったのは、後々、自分たちで利用するためだろうね」

「おれたちを助けたのも、クロノスシステムに近付くためってわけか？」

「そういうこと。もう一つは、あくまで、今回のテロは海外の組織からの攻撃——ということにしなければならなかった。そのためには、それを証明してくれる人たちが必要ってわけ」

「それが、おれたちだった……」

「正確には、唐沢さんだね」

「何？」

「おそらく、彼らの計画では、ぼくたちはここで全滅するはずだった」

「全滅って……」

「一度、ＶＸガスを使ったテロを計画する。志乃ちゃんがそれを予知する。ぼくたちは、それを阻止するために、テログループの本拠地を急襲することになった」

「その上で、テロリストに情報を流し、待ち伏せしていたってわけか……」

「その通り。で、彼らは、予知の内容を伝わらないようにした上で、別のプランで動いている」

「ふざけやがって！」

真田は、怒りとともに吐き捨てた。

いいように利用されたばかりか、山縣は撃たれる羽目になった。

「どうする？」

黒野が口角を吊り上げて、にいっと笑った。

「行くに決まってんだろ」

「そうこなくっちゃ」

黒野が、真田に向かって拳を突き出して来る。真田は、それに自分の拳を当てた。

四

「あんたたち、本気で言ってんの？」

公香は、バイクに乗ろうとしている真田と黒野に追いすがった。

さっきの黒野の説明で、何が起きていたのかはだいたい分かったし、これから何が起ころうとしているのかも理解している。

ＶＸガスを使ったテロなど、断じて許されるものではない。

しかし――それを、真田と黒野だけで阻止できるはずがない。しかも、唯一のアドバンテージである志乃の予知夢がないのだ。

「このまま、放っておくわけにはいかねぇだろ」

真田が、傷だらけのバイクに跨り、エンジンをかけた。黒野は何食わぬ顔で、ぴょんっとタンデムに飛び乗る。

放置できないという気持ちは分かる。だが、山縣に続いて、真田にまで何かあったらと思うと、心の奥がずんと沈み込んだ。

「応援を頼んで、そっちに任せればいいでしょ！」

「動く前に、テロが起きちまう」

真田が即座に反論した。

確かにそれは一理ある。これから、唐沢に連絡を取り、状況を伝えて、警察官を動かすとなると、それなりに時間を要することになる。

しかも、こんな曖昧(あいまい)な情報だけで、巨大な警察組織が動くとも思えない。

「そうかもしれないけど……でも……」

「山縣さんがいたら、行けって言うはずだぜ」

笑顔で言う真田に、心の底から腹が立った。

そんな説得で納得すると思ったら大間違いだ。

「バカ言わないでよ！　山縣さんだったら、止めるに決まってるでしょ！」

山縣は、真田や公香たちの無事を最優先に考えていた。それでいて、目の前で起きている事態を黙って見過ごすこともできない。

山縣はその狭間(はざま)で、常に葛藤(かっとう)して来たのだ。

そんな山縣の思いを無視して、いつも勝手に突っ走って来たのが真田だ。

「バレたか」

真田が、照れ笑いを浮かべる。

「バレたか——じゃないわよ！　分かってるんだったら、無茶は止めなさい！」

「止めても無駄だ」

窘めるように公香の肩に手を置いたのは、鳥居だった。

「え？」

「どうせ、止めても行くんだろ？」

鳥居が穏やかな笑みを浮かべながら、真田に訊ねる。

「ああ」

そう答えた真田の目には、一切の迷いがなかった。

真田だけではない。タンデムの黒野も、薄ら笑いを浮かべながら、すでに覚悟を決めているようだった。

こうなることは、最初から分かっていた。

「私も、できる限りバックアップをする。詳細な作戦は、移動しながらにしよう」

鳥居の言葉に、公香は目を剝いた。

「ちょっと、鳥居さんまで行くつもり？」

「そのつもりだ」

鳥居に真っ直ぐな目で見つめられ、公香は何も言い返せなくなってしまった。

「おっさん。頼りにしてるぜ」

真田は、そう告げるとヘルメットを被り、アクセルスロットルを捻り、エンジンを空吹かしする。

「行くぞ！」

真田は、掛け声とともにバイクを発進させた。

鼓動にも似たエンジン音を残し、走り去って行くバイクの姿を、公香は半ば呆然と見つめた。

「悪いが、車を貸してもらえるか？」

鳥居が訊ねて来た。

「え？」

「真田たちに、追いつかないといけないからな」

移動の手段として、車を使うのは勝手だ。だが——。

「運転してて、狙撃ができるの？」

「私が狙撃しかできないと思っていたのか？」

「そういうことじゃないわよ」

「じゃあ、どういうことだ？」

　鳥居が怪訝な表情を浮かべて訊ねて来る。

　公香は、その顔を見て、自らの本心を思い知らされたような気がした。

　真田や黒野のことを、無鉄砲だ自分勝手だと批判してはいるが、公香自身も大して変わらない。

　迷いが無いと言ったら嘘になる。

　それでも、やはりこの状況を目の前にして、黙っていることができない。本当に、損な性格だと思う。

「運転は、私がするって言ってるの」

　公香は鳥居に告げると、足早に歩き出した。

「本当にいいのか？」

　あとをついて来た鳥居が、訊ねてくる。

「いいわけないでしょ！　だから、ちゃんと守ってよ！　私は、運転するだけだからね！」

　公香が振り返りながら言うと、鳥居が「分かってる」と大きく頷いた。

　こういうときの鳥居は、本当に頼りになる。

五

真田は、ギアチェンジを繰り返し、バンディットを加速させていく――。

相手は武装したテロリストだ。しかも、VXガスを保有している。怖くないと言ったら嘘になる。勝てる自信もない。

だが、それでも、行かなければならない。

高鳴るバイクのエンジン音が、それらの不安を全部、かき消してくれているようだった。

「で、どこに向かうんだ？」

埠頭(ふとう)を出たところで、真田はタンデムシートの黒野に訊ねた。

テロを阻止しに向かうのはいいが、場所が分からなければ、何もしようがない。しかも、今回は志乃の予知夢の情報がないのだ。

〈このまま、六本木方面――〉

黒野から即座に返答があった。

「何で分かるんだ？」

〈理由は二つ。一つは、工場から出て行くトレーラーの進行方向から推測したんだ〉

黒野にしては、推論に至る根拠が弱い気がする。

「もう一つは？」

〈前にも言っただろ。彼らのターゲットは、日本人を大量虐殺(ぎゃくさつ)することだけではなく、アメリカを始めとした要人を巻き込んだテロだ〉

「外相会談か――」

〈そういうこと。で、今まさに、六本木のホテルで外相会談が行われている〉

「間に合うのか？」

真田の中に、その不安が湧上(わきあ)がる。

トレーラーが倉庫を出たのは、二十分ほど前のことだ。ここから外相会談の行われているホテルまで、四十分もあれば到着する距離だ。

〈日本の道路事情を甘く見ない方がいい〉

「何？」

〈今、調べたけど、幹線道路は全部渋滞中。六本木に到着するまでに、一時間はかかるだろうね〉

「裏道とかあるだろ」

〈あんな大型のトレーラーで、裏道なんか入ったら、二度と出られなくなるよ〉

黒野が、笑い声を上げながら言った。

確かにその通りだ。大型のトレーラーで移動しているのなら、どんなに渋滞していようと、幹線道路を使うしかない。

追い越しや、車線変更するだけで一苦労だ。

こっちはバイクでの移動だ。充分に追いつくことができるだろう。だが——。

「鳥居さんたちのバックアップは、期待できそうにねぇな」

車での移動は、鳥居たちも一緒だ。

〈今、鳥居さんたちには、目的地までの最短ルートを送信しておいた。ぼくたちは、トレーラーと同じルートで追う。上手くいけば、挟み撃ちにできる〉

「なるほどね」

真田は、そう応じながら幹線道路に入った。

確かに渋滞していて、ノロノロ運転が続いているが、こういうときこそ、バイクの機動性が発揮される。

真田は、車の間を縫うように走りながら、どんどんと加速していく。

「なあ、一つ訊いていいか？」

〈何？〉

「なぜ、リカは山縣さんを殺さなかったんだ？」

色々な状況は分かったが、真田には、どうしてもそれが解せなかった。

リカほどの腕があるのであれば、撃ち損じたということも考え難い。そもそも、任務のために躊躇なく引き金を引ける女だ。

――それが、なぜ山縣の急所を外して撃ち、止めを刺さなかったのか？

〈山縣さんに、父性を見たのかもしれない〉

黒野が、ポツリと言った。

「父性？」

〈そうか。君は、彼女の生い立ちを知らなかったね〉

「生い立ち？」

〈到着までに、時間があるから、聞かせてあげるよ――〉

そう言って黒野は、リカがＳＴＵに入るまでの経緯について、語り出した。

黒野の口から語られるリカの過去は、真田の想像を遥かに超える、壮絶なものだった。そこに驚きを覚えると同時に、これまでの彼女の発言の裏にある、暗い闇を見たような気がした。

母親にも、父親にも、愛されなかった彼女は、任務に忠実であることで、自分の居場所を求めていたのかもしれない。

そうでなければ、誰も自分を必要としなくなる——そんな、怖れのようなものがあったのだろう。

〈彼女からしてみれば、君たちの存在は、これまでの価値観を覆すものだったんだろうね〉

黒野が、しみじみといった感じで言った。

「どういうことだ?」

〈分からない?〉

「分からないから、訊いてんだよ」

〈まるで家族のように寄り添い、自分のことより、相手のことを気遣っている。血も繋がっていないのにね——〉

黒野の声のトーンが、いつになく沈んでいるような気がした。

思えば、黒野もまた肉親に愛されず、自分の居場所を失い、彷徨い続けた存在だ。

そういう意味で、黒野とリカは似ているのかもしれない。

もし、そうだとしたら——。

「何とかしてやる」

真田が言うと、黒野がふっと笑い声を漏らした。

「何がおかしいんだ?」

〈何とかなると思ってるの?〉

「ああ」

山縣に止めを刺さなかったのが、リカの迷いだとするなら、彼女を止める方法はまだあるはずだ。

〈甘いね〉

「悪かったな」

〈そういうとこ、嫌いじゃないよ〉

「お前なんかに好かれても、嬉しくねぇよ!」

〈そりゃそうだ。でも、彼女はもう……〉

途中から、聞き取れなかった。

「何だって?」

〈何でもない〉

六

リカはトレーラーのコンテナで、膝(ひざ)を抱えて座っていた——。

特別に加工されたジュラルミンケースが置かれている。中には、爆弾とVXガスが収納されている。起爆スイッチを押せば、ケースが爆発して、VXガスがばら撒(ま)かれることになる。

コンテナには、リカの他に、四人の男たちが座っている。いずれも、中東のS国からムハンマドが派遣した、テロリストたちだ。

彼らの目に生気はない。

今回の作戦は、トレーラーで外相会談の行われているホテルに突っ込み、そのまま爆弾を爆発させるというシンプルなものだ。

同様のテロは、これまで何度も繰り返されている。

諸外国の重要施設などは、車の侵入を防ぐためのポールなどが設置されているが、日本にそういったものはない。

平和な国に育ち、国内でテロなど起きないと信じて疑わない。

リカには、その慢心が何より許せなかった。それは、テロリストである男たちも同じだろう。

ただ、生まれた場所が違うだけで、彼らは貧困に晒されて来たのみならず、生まれたときから戦禍の中を生きて来た。

親、兄弟、友人、あるいは恋人を、大義名分の許、殺されて来た。

その恨みがどれほど深いのか、日本人には想像もつかないだろう。だからこそ、何食わぬ顔で平和を訴える。

なぜ無関係な人を巻き込むテロを行うのか――と声高らかに口にする。

大切な人を奪われた経験もなく、食うに困らず、空襲に怯えることのない国の人間が、どんな言葉を並べようと、それは、彼らの怒りを刺激するだけのことだ。

彼らとは異質であるが、リカも怒りを持っている。

子どもは親を選べない。どんな境遇で育つのかを、選択する自由はないのだ。

ただ、その場所に生まれただけで、他の子どもと同じように、わがままを言い、日常を笑って過ごすことができなくなる。

言い知れぬ怒りを蓄積しながら、他人を羨み、生きていくしかない。

リカが、義父であった男を殺害したのは、母の復讐がしたかったからではない。自分自身の居場所を奪った男が、許せなかったからだ。つまり、リカが内包した怒りの発露に他ならない。

永倉に出会い、彼から工作員としてのトレーニングを受けることで、リカはようやく自分の居場所を見つけた。

後に、永倉が愛国者なる秘密結社の構成員であることを知った。

愛国者は、強い日本を取り戻すという目標を掲げていた。その大義名分に賛同はできなかったが、日本国民に、世界の現実を突きつけるという方法論には共感した。

おそらく、それも怒りからくるものだ。

安穏と生活していた者たちに、自分のような人間がいることを、思い知らせてやることができる。

想定外だったのは〈次世代犯罪情報室〉の連中だ。

彼らは、リカが忌み嫌う、平和の中だからこそ言える理想論を、憚ることなく口にする。

見ていて苛々した。

苦痛を知らないからこそ、平然と理想を語れるのだと、心の底から嫌悪した。

だが——そうではなかった。

彼らの経歴を調べ、リカは驚きを隠せなかった。

黒野はもちろん、真田も、公香も、鳥居も、そして山縣も——自らの意志とは関係なく、過酷な環境のもとで生きて来た。

数々の苦痛を味わい、裏切られ続けて来たにもかかわらず、それでも、彼らは理想を口にする。

——だから、山縣を殺せなかったのか？

耳の奥で声がした。

どういうわけか、それはかつてリカを虐待した義父の声だった。

——違う！

リカは、慌ててその考えを振り払った。

別に、彼らの考えに共感したり、流されたわけではない。それでも、山縣の最後の言葉が、判断を鈍らせたのは確かだった。

彼は、自ら命を落とすかもしれない状況の中で尚、真田たちの身を案じ、彼らを救おうとしていた。

血の繋がった親でさえ、子を見捨てるというのに——。

〈追跡して来る者たちがいます〉

運転している男が、アラブ語で報せて来た。

リカは、拳銃を抜いて立ち上がった。

おそらく、追って来たのはアレスだろう。

かつて、STUのメンバーで、リカと同じエージェントだった男だ。アレスも、最初は、愛国者の目標に賛同していた。

しかし、ある事件をきっかけに裏切って姿を消した。

その原因は、黒野が指摘した通りクロノスシステムにある。

クロノスシステムを開発したのは、内閣情報調査室だった。そして、それを使っていたのが、誰あろうアレスだった。

アレスには、中西志乃と同じように、他人の死を予知する能力が備わっていたのだ。

リカは、トレーラーの内部に設置されたモニターに目を向けた。そこには、コンテナの後部ハッチに取り付けられたカメラの映像が映し出されている。

「追って来たのか……」

リカは、モニターに映る追跡者の姿を見て、思わずため息を漏らした。

どうあっても、彼らは前に突き進むつもりらしい。

七

「そろそろ追いつくよ——」

バイクのタンデムに座った黒野は、真田の言葉を遮るように言った。

いい加減に言ったわけではない。テロリストの隠れ家を割り出すために、警察のNシステムにハッキングしてある。そのデータを元に、トレーラーの位置はだいたい把握している。あと少しで、トレーラーの位置を目視することができるだろう。

だが、真田との会話を打ち切りたかったのもまた事実だ。

リカの過去を知ったことで、真田は彼女の境遇に同情している。持ち前のお節介さで、何とかしてやりたいとすら思っているだろう。

これだけの事件を起こし、親同然である山縣を撃たれていて尚、真田は活路を見出そうとする。

ボロボロになりながらも、希望を摑み取ろうとするのだ。

しかし、真田がどれだけ骨身を削ろうと、リカの計画を止めることはできないし、彼女が心を改めることはあり得ない。

リカの境遇は、確かに黒野に似ている。誰にも愛されず、言い様のない孤独を味わって来た。

しかし、決定的に異なる部分がある。

黒野は北朝鮮の工作員として育てられたが、そこに自らの居場所を見出してはいなかった。笑顔の仮面を被り、やり過ごしながら、自分の本当の居場所を探していたのだ。

——リカは違う。

彼女は、内閣情報調査室のSTUに自らの居場所を見出したのだ。その居場所を守るためなら、平然と命を投げ出すだろう。彼女は、何より孤独を怖れている。

黒野が、そうであるように——。

孤独は人を強くはしない。孤独を怖れる気持ちが、人を強くするのだ。

今の真田に、そんなことを話したところで納得しないだろう。

〈一つ訊いていいか?〉

真田がチラリと振り返り、訊ねて来た。

「下らないことでなければ」

〈あいつは——アレスは、結局、敵なのか？　味方なのか？〉

「難しい質問だね」

黒野は、小さく首を振った。

〈分からないってことか？〉

「そうじゃない。ぼくたち次第で、敵にも味方にもなるってことさ」

〈は？〉

真田が、苛立ち（いらだ）の籠（こ）もった声を上げる。

「アレスは、元々はＳＴＵのメンバーで、愛国者の構成員でもあったんだ」

〈何！〉

真田が、大げさに驚きの声を上げる。

「うるさいな。驚くことでもないだろ」

〈驚くだろ。普通〉

「まあ、君の知能レベルなら、そうかもね」

〈余計なお世話だよ。そんなことより、今の口ぶりだとアレスは、今は組織には属していないってことか？〉

頭はあまりよくないが、察する力が鋭いのは真田らしさだ。

「正解。ここからは推測が入るけど、彼はおそらく、単独で行動している」

〈なぜ、組織を外れた？〉

「原因はクロノスシステムだ」

〈どういうことだ？〉

「アレスは、志乃ちゃんと同じように、人の死を予知する能力があったんだよ」

〈なっ！〉

「色々と調べたんだ。クロノスシステムは、元々は内閣情報調査室の管轄（かんかつ）で開発されたものだった」

〈嘘（うそ）だろ？〉

「本当だよ。そもそも、クロノスシステムを、いつ、誰が、何の目的で開発したと思ったの？　まさか、志乃ちゃんのために開発した――なんて思ってないよね？」

〈それは……〉

志乃が昏睡（こんすい）状態に陥ったとき、すでにクロノスシステムは存在していた。

人の夢を可視化するクロノスシステムを、何の根拠もなく開発するような酔狂な人間はいない。

「アレスには、志乃ちゃんと同じ能力があり、それを活用するために開発されたのが、クロノスシステムってわけ」

〈最初から、知ってたのか？〉

「いいや。永倉さんが、あまりにクロノスシステムに詳しいから、何かあると思って、調べたんだよ」

永倉の話は、最初から胡散臭かった。

もしやと思って調べてみたら、ビンゴだったというわけだ。

表向きのデータは抹消されていたが、永倉個人のパソコンデータにハッキングして明らかになった。

そこにはしっかりと、アレスに関するデータが残っていた。

彼には、他人の死を夢で予知する能力があり、それを可視化するためにクロノスシステムを開発した——と。

〈アレスに、志乃と同じ他人の死を予知する能力があったとして、なぜ奴は、緒方を殺そうとしていた？〉

「単純な話さ。アレスが予知しているのは、志乃ちゃんより、ずっと先の未来だ」

〈先ってどういうことだ？〉

「だからさ、アレスはテロを予知していたんだ。だから、緒方を殺害して、それを止めようとしていた」

〈そんな、バカな……〉

「ついでに言うと、永倉さんたちは、アレスにある実験を試みた」

〈実験？〉

「そう。彼に、大量の薬物を投与して、さらに先の未来を見ようとしたんだ。その結果が、あの白髪ってわけ」

〈じゃあ、失敗したのか？〉

「逆だよ。成功したんだ」

〈成功？〉

「彼が見たのは、敗戦後の日本だったのさ」

これは、クロノスシステムのキャッシュを調べ上げて分かったことだ。黒野も、その映像を見て絶句した。

これまでの繁栄が嘘であったかのように、東京の街は瓦礫の山と化していた。それだけではなく、街の中には放置された死体が山のように転がっている。

それは地獄絵図と呼ぶに相応しい光景だった。

〈何言ってんだ？　それだと、過去になるだろ〉

「違うよ。近い未来、日本は戦争に突入する。そして、甚大(じんだい)な被害をうけて、廃墟(はいきょ)と化すのさ」

〈何だって！〉

「アレスは、日本が戦争に突入する理由を、自らが所属する秘密結社、愛国者の強国主義のなれの果てだと感じた。逆に、愛国者の連中は、現在の日本の弱腰の対応が、戦争を招くと考えた」

〈実際は、どっちなんだ？〉

　その疑問は、黒野も持った。しかし――。

「それは、分からない。アレスが見たのは、結果としての未来だからね。何にしても、愛国者は、いち早く日本の国防を見直す必要があると考え、今回の計画を立案した」

〈何でテロが、国防に繋(つな)がるんだよ！〉

「平和ボケした日本人の目を覚まさせるには、劇薬が必要だと考えたのさ。ＶＸガスのテロで、多くの死者が出れば、安保関連法案の正当性を主張できるし、国防を見直すことにもなるだろ」

〈最低だな〉

「まあ、上の人間の考えそうなことだね」

〈じゃあ、アレスはそれを止めようとしているってことか?〉

「正確には、来るべき戦禍——だけどね」

〈だったら味方ってことか〉

「そうとも言い切れない。さっきも言ったように、どっちが正しいかは分かっていないんだからね」

〈なるほど。だから、おれたちの出方次第では、敵にも味方にもなるってことか〉

「そういうこと。愛国者は、多くの犠牲を払うことで未来の戦争を阻止しようとしている。アレスもまた、テロリストの命を奪うことで、それを止めようとしている」

〈ふざけやがって〉

「面白いよね。可決された安保関連法案と同じ議論だ」

　安保関連法案の賛成派は、世界の中で日本の抑止力を高め、戦争を避けるためだと主張している。

　逆に反対派は、その行為こそが、戦争に繋がると主張する。

　どちらが正しいのか、今の段階では判断のしようがない。結果論でしかないからだ。

〈どっちも、納得いかねぇ!〉

　真田が怒りに満ちた声で言った。

ただ、目の前のことを守る——未来には希望があると信じている。愚直で真田らしい考えだ。

少し前なら、それを嘲笑っていただろうが、今は違う。

そういう愚直さを、信じてみたいという気になる。真田には、そう思わせるだけの何かがある。

「だったら、両方ぶっ飛ばせばいい」

黒野が言うと、真田が声を上げて笑った。

〈そうだな〉

「お喋りは終わりだ。奴らが見えて来たよ」

黒野は、視界にトレーラーを捉えた。

〈あれか〉

真田も気付いたらしく、声を上げる。

「ターゲットを捕捉したよ」

黒野は、無線につないだイヤホンマイクで、鳥居たちに連絡を入れる。

〈こっちは、まだ追いついていない。合流してから仕掛けよう〉

鳥居からすぐに応答があった。

セオリーでいえば、そうなのだろう。しかし、渋滞は徐々に緩和されて来ている。このまま速度を上げられては厄介だ。

「どうする？」

黒野は、真田に訊ねてみた。

〈逃げられる前に、突っ込む〉

即答だった。

真田の答えなど、最初から分かっている。無鉄砲で、作戦も何もない無茶苦茶な行動だが、そんな彼だからこそ、これまで常識を覆すことができたのだ。

「賛成だ」

黒野が言うと、真田が〈おう〉と応じて、バイクを一気に加速させる。

八

真田は、車の間を縫うように進み、トレーラーのすぐ後ろについた。

——さあ、どうする？

接近したのはいいが、どうやってトレーラーを止めるかが問題だ。

あれだけデカイ車体だと、バンディットで体当たりしたところで、ビクともしないだろう。それに、周囲には他の車もある。あまり、派手なことはできない。

考えを巡らせているうちに、電動式のコンテナの後部ハッチが、ゆっくりと開いていく。

——何をする気だ？

真田の疑問の答えは、すぐに出た。

トレーラーのコンテナ内に、自動小銃で武装した男たちが並び立っていた。

「ヤバイ！」

真田の声が合図であったかのように、男たちの持つ自動小銃が火を噴いた。

慌(あわ)てて右にハンドルを切ったものの、前輪のフェンダーが砕け、ヘッドライトが破壊された。

近くを走る車の陰に隠れたが、向こうはお構い無しに乱射する。

真田に代わって銃弾を受けた乗用車が、スピンして防護壁に激突した。

関係ない人を巻き込みたくないが、この状況では、そんな悠長なことは言っていられない。

——どうすればいい？

〈トレーラーのサイドにつけて〉

真田の心の声に答えるように、黒野が言った。

「何をする気だ？」

〈分かるでしょ〉

黒野が、笑みを含んだ声で言う。

──なるほど。

真田は、黒野の意図をすぐに察した。小憎たらしい野郎だが、こういうときは、本当に息が合う。

「振り落されんなよ！」

真田は、バイクを左右に振り、蛇行して狙いをつけられないようにしながら、加速する。

弾丸の雨をかいくぐり、トレーラーの左側に併走した。

こうなれば、後部ハッチから、真田たちを射撃することはできない。

そう思ったのも束の間、銃声がして、真田の肩を何かが掠めた。

見ると、トレーラーの助手席の窓から男が身を乗り出し、拳銃を構えていた。

──逃げ場無しだ。

〈もう少し、トレーラーに寄せて〉

黒野が呼びかけて来る。

タンデムシートで、黒野が立ち上がる気配がした。

ある意味、真田より無茶苦茶な奴だ。

「ＯＫ」

真田はハンドルを操作して、ギリギリまでトレーラーに接近する。

タンデムシートの上に立ち上がった黒野は、タイミングを計っている。トレーラーに飛び移ろうとしているのだ。

向こうも、それに気付いたらしく、トレーラーが左にハンドルを切る。

防護壁との間に、バイクを挟むつもりらしい。

「黒野！　急げ！」

〈分かってるよ〉

黒野は答えるや否（いな）や、トレーラーのコンテナ部分に飛び移った。

真田は、それを確認すると同時に、急ブレーキをかけ、バイクを減速させる。

トレーラーが防護壁に激突して、大きく揺れる。

挟まれて潰（つぶ）されるのを、間一髪で逃れた。

コンテナ部分に摑まっている黒野が、衝撃で振り落されそうになる。

「黒野！」

何とか黒野は、コンテナにしがみついていた。

〈うるさいな。この程度で、振り落されるわけないだろ〉

ギリギリだったクセに、相変わらずの憎まれ口が返ってくる。

「強がるなよ」

真田がほっとしたのも束の間、銃声が轟いた。

——しまった！

完全に油断していた。減速したことで、防護壁に挟まれることは避けられたが、再びコンテナ内にいる男たちの射程に入ってしまった。

銃口が、一斉に真田に向けられる。

蛇行してかわそうとしたが、すぐ近くを走る車が邪魔になって、身動きが取れなかった。車を運搬するキャリアカーだ。

このままでは、ただの的になる。

「クソッ！」

真田が吐き捨てるのと同時に、銃声が轟いた。

銃を構えていた男の一人が、仰け反るようにして倒れた。

——何があった？

視線を走らせると、斜め後方を走行するハイエースが目に入った。運転しているのは公香だ。

ハイエースの屋根で、鳥居がライフルを構えている。

走っている車の屋根の上から狙撃をするとは、鳥居もなかなか無茶をする。

「助かった！」

〈油断するな。次が来るぞ！〉

鳥居が鋭く言った。

そうだった。コンテナ内には、まだ三人いる。このまま逃げ回っているのは癪だ。

「おっさん！　援護を頼む！」

真田は、一度減速してキャリアカーをやり過ごす。

拳銃を抜いて、キャリアカーの背後に着くと、積み下ろし用の道板を操作するスイッチに狙いを定めて引き金を引いた。

キャリアカーの荷台は空だ。道板をジャンプ台にするつもりだったが、真田の銃の腕では、スイッチを狙い撃つことはできなかった。

——参ったな。

そう思った矢先、銃声がしてキャリアカーに火花が散り道板が下りた。

鳥居が、真田の意図を察してくれたらしい。

あんな無茶な状態で、正確にスイッチを撃ち抜くのだから、鳥居の狙撃能力は、やはり飛び抜けている。

安心したのも束の間、男たちが、真田ではなく鳥居に照準を定めた。

「させるかよ！」

真田はバンディットのスピードを上げ、キャリアカーをジャンプ台の替わりにして飛んだ。

男たちが、想定外の事態に目を剝いている。

「行け！」

真田は、そのままコンテナの中に突っ込んだ。

激しい衝撃が身体を襲い、気付いたときには、コンテナの床に這いつくばっていた。

身体を起こしながら目を向けると、男たちはバンディットに薙ぎ倒され、床の上に倒れていた。バイクは、残念ながら大破している。

かくいう真田自身、身体のあちこちに激痛が走った。

〈真田！　大丈夫なの！　しっかりして！〉

イヤホンマイクを通して、公香の声が聞こえて来た。

「バイク大破。おれズタボロ――」

真田はため息混じりに応じた。

〈何考えてんのよ！　あんたバカでしょ！〉

「うるせぇよ……」

言い終わる前に、真田の顎に衝撃が走り、膝から崩れ落ちた。

頭を振り、どうにか顔を上げる。

真田を見下ろすように、リカが立っていた。どうやら、彼女もこのコンテナの中にいたらしい。

リカが、真田に拳銃を向ける。

その目には、何の感情もこもっていなかった。ただ、作業として人を殺せる。そんな目だった。

「お前……」

リカが、トリガーに手をかけようとしたところで、彼女の持っていた拳銃が、粉々に砕け散った。

——鳥居だ。

この状況で、拳銃だけを撃ち抜くとは、もはや神業だ。

これで形勢逆転できる。そう思った矢先、リカが何かを車外に放り投げた。

——あれは何だ？

真田が答えを見出す前に、外で大きな爆発があった。

爆炎に巻き込まれて、公香の運転していたハイエースが横転して、鳥居がアスファルトに放り出された。

どうやら、リカが放り投げたのは手榴弾だったようだ。

「てめぇ……」

真田は、怒りとともに立ち上がり、リカと対峙した。

すぐさま、リカの右の拳が飛んで来た。

バックステップでかわそうとしたが、狭いコンテナの中では逃げ切れなかった。

鼻っ柱にパンチをもらい、よろめく。

体勢を立て直そうとしたが、リカはその余裕を与えてはくれなかった。右の回し蹴り、左のパンチ、膝蹴りと、次々と多彩な攻撃を繰り出してくる。

攻撃の一つ一つが重く、骨が軋むような痛みが走る。

このままでは、ただのサンドバッグだ。真田は、ガードを捨てて反撃に転じようとしたが、リカにその行動は読まれていた。

顎の下から突き上げるようなパンチをまともにもらった。

コンテナの壁に背中を打ちつけた。身体に力が入らず、そのままずるずると倒れ込んでしまった。

リカは、そんな真田の喉を、容赦なく踏みつける。

靴底が喉にめりこみ、息が詰まる。

ここまで手も足も出ないとは——意識の薄れる中、真田は自らの無力さを味わった。

九

黒野は、コンテナの側面をはい上がり、屋根の上を慎重に移動していた——。

真田はバイクごとコンテナに突っ込み、トレーラーの後方で爆発も起きた。そのたびに、コンテナが大きく揺れる。

とはいえ、あまりのんびりもしていられない。

黒野は、腰を屈めた姿勢で、素速くコンテナの端まで駆け寄った。あとは、どうやって運転席に乗り込むか――だ。

「本当は、ガラじゃないんだよね」

黒野は、思わずぼやいた。

いつもなら、これは真田の役目だ。黒野が自ら、突入するなど、本当に珍しいことだ。知らぬ間に、真田に影響されているのかもしれない。

自嘲気味に笑った黒野のすぐ目の前で、火花が散った。

助手席の男が、窓から大きく身を乗り出し、発砲して来たのだ。

厄介ではあるが、考えようによっては手間が省けた。黒野は大きく跳躍して、コンテナの上から車体の屋根に飛び乗る。

助手席の男は、それでも黒野を撃とうと身を乗り出し、発砲したが、弾丸はあらぬ方向に飛んでいった。

「そんな無理な体勢で、当たるわけないだろ。それに――」

黒野は、助手席側に駆け寄ると、身を乗り出している男を踏みつけるように蹴った。

「ぎゃっ」

短い悲鳴を上げた男は、車外に転落し、アスファルトの上をゴロゴロと転がった。

「落ちちゃうだろ」

黒野は、遠ざかっていく男の姿を見ながら呟く。

これで残るは運転手だけだ。

射殺してしまうのが手っ取り早いが、そんなことをしたら、トレーラーがコントロールを失って事故を起こす。

さっきの男のように、アスファルトを転がるのはゴメンだ。

黒野は、助手席側に歩み寄ると、開いている窓から、素速く身体を滑り込ませた。

「やあ」

助手席に着地したところで、運転していた男に声をかける。

男は、ぎょっとした表情を浮かべ、懐のホルスターから拳銃を抜こうとする。狭い車内で銃に頼るとは、愚の骨頂だ。

黒野は、男が拳銃を構える前に、素速くそれを奪い取った。

正面から向き合ったならまだしも、男は運転しながらの制限された動きだ。制圧するのは容易い。

「残念だったね」

黒野は、奪い取った拳銃の銃口を、男のこめかみに突きつけた。

額に汗を浮かべながらも、男の目は死んでいなかった。

——しまった。

そう思ったときには遅かった。

男は、急ハンドルを切る。並行して走っていた乗用車に激突して、車体が大きく揺れる。

その隙に、男は黒野から拳銃を奪い取ろうとする。

「悪いけど君の相手をするつもりはない」

黒野は、そう告げると、抵抗することなく拳銃を手放した。

あまりにあっさりと退き下がったことに、男は驚きの表情を浮かべる。

「どうしたの？　撃ちたければ撃ちなよ」

黒野が挑発すると、男は銃口を向けて引き金を引いた。

だが、弾は発射されなかった。

男は混乱しながらも、何度も引き金を引く。それでも、弾は出なかった。

黒野は、種明しとして持っているマガジンを男に見せてやった。さっき、奪ったときに、拳銃のマガジンを抜いておいたのだ。

ようやく、状況を把握した男が、黒野に襲いかかろうとする。

その前に黒野は男の鼻っ柱に肘打ちを入れた。

「悪いけど、ここで降りてもらうよ」

黒野は、運転席側のドアを開けると、もがいている男を座席から押し出した。

アスファルトの上を転がる男を見送ってから、黒野は運転席に座り、ハンドルを握った。これで、トレーラーは掌握した。

適当なところで停車させて、コンテナのVXガスを回収すれば終わりだ。

安堵の息を漏らした黒野だったが、フロントガラスの向こうに、思わぬものを見つけた。

車の行き交う道路の中央に、男が立っていた。

白髪の男――アレスだ。

「やっぱり来たか」

アレスは、倉庫には現われなかった。おそらく、あれが罠であることを知っていたのだ。彼がその先の予知夢を見ていた証拠といえる。

黒野は、すぐにブレーキを踏んでトレーラーを止めようとした。

しかし、その前にアレスが何かを肩に担いだ。

「ロケットランチャー!」

黒野が、それを認識したときには、すでに弾頭が発射された。慌てて慌てハンドルを切り、かわそうとしたが手遅れだった。爆炎とともに、トレーラーの巨体が撥ねた。

十

——もうダメか。

諦めかけたとき、トレーラーが大きく傾き、何かに衝突したのか激しく揺れる。

さすがのリカも体勢を崩し、真田の首に乗せられていた足が外れた。

真田は咄嗟に立ち上がって、リカと距離を取る。

息が切れ、ダメージの大きい真田とは対照的に、リカは無傷で平然としている。対峙したのはいいが、やはり勝てる気がしない。

——ここはリングの上じゃない。

ふと、真田の脳裡に、黒野の言っていた言葉が蘇った。バーで実戦形式のトレーニングをさせられたときだ。

「そうだな。ここは、リングの上じゃない……」

真田は、呟くように言う。

本当であれば、女に手を上げたくはないが、このままでは、数千という単位の死者が出る。この際、ポリシーもクソもない。

考えている間に、リカがパンチを打ち出して来た。

――速い。

真田は、床を転がるようにしてかわすと、男たちが落とした自動小銃を掴み、それを使ってリカの足を払った。

リカは、もんどりうって仰向けに倒れる。

真田はすぐさま立ち上がり、上から覆い被さるようにパンチを打ち出す。

だが、リカは器用に足を持ち上げて真田の首を挟み込むと、そのまま三角絞めの体勢に持って行こうとする。

真田は、なりふり構わず、リカの足に嚙みついた。

リカの力が緩んだ隙に、強引に三角絞めから抜け出す。

改めて、リカと対峙する。

今の攻防で、リカは息を切らしている。少しは、ダメージを与えることができたらしい。

「逃げるなら今のうちだぞ」

真田が挑発すると、リカは呆れたようにため息を吐いた。

「その状態で、勝てると思っているのですか？」

「負けられないんだよ」

真田が言い終わるや否や、リカが右のパンチを打ち出して来た。

顎先に直撃した。昏倒はしなかったものの、口の中を切ったらしく、血が流れ出す。

だが、これは好都合だ。

真田は、左のパンチを振るってくるリカに向かって、口の中の血を吹きつけた。

目に血が入ったらしく、たまらず後退る。

「逃がさねぇよ！」

真田は、コンテナの壁を蹴って反動をつけ、全体重を乗せた右の拳を、リカの顎先に叩き込んだ。

リカがよたよたと後退り、そのまま仰向けに倒れた。

女を殴るのは、これで最後にしたいものだ。

ふっと息を吐いた真田を、激しい衝撃が襲った。前後不覚の状態で身体が宙に浮いた。

——何だ？

考える間もなく、真田は意識を失った。

どれくらい時間が経ったのだろう。真田は、身体のあちこちに走る激痛で覚醒した。

気付くと、真田はアスファルトの上に這いつくばっていた。

力を振り絞って身体を起こすと、十メートルほど前方に、さっきまで真田が乗っていたトレーラーが横倒しになっていた。

エンジン部分からは炎と黒煙が立ち上っている。

——いったい何がどうなった？

真田は、痛む足を引き摺るようにして、トレーラーに歩み寄って行く。

途中で足許に拳銃が落ちているのを見つけた。

もしかしたら、まだリカたちから攻撃を受けるかもしれない。真田は、拳銃を拾い、慎重に歩みを進める。

トレーラーのコンテナ部分を覗き込むと、そこに血だらけになったリカの姿があった。

「動くな！」

真田は、拳銃を構えてリカを牽制する。

リカの手には、起爆装置のようなものが握られていた。そして、その足許には、ジュラルミンケースがある。おそらく、中にはVXガスが入っているに違いない。起爆装置のスイッチを押せば、爆発する仕掛けだろう。

「お前まさか……」

真田は、思わず声を上げた。

外相会談で爆弾を爆発させることはできなかったが、この場で爆発させようという魂胆なのだろう。

リカが、起爆装置を掲げ、うっすらと笑みを浮かべる。

真田には、それがとても哀しげに見えた。

「止せ！　何で、そうまでして……」

リカは何も答えなかった。

真田自身、訊くまでもなく分かっていた。黒野から聞かされたリカの過去——。

彼女は、自らの居場所を、愛国者と名乗る組織の連中の中に見出した。自分のことを受容れてくれる、たった一つの場所——。

リカ自身ではなく、彼女の能力だけを求めていたとしても、それでも、彼女には他に行く場所がない。

任務に殉じて死ねば、少なくとも、そこに自分の居場所ができるのだ。

「バカなことは止めろ！」

真田の叫びに、リカは冷笑で答えた。

「撃ちたければ撃って下さい——」

「何？」

「どうせ、私にはもう生きる場所はありません」

「そんなことない！　まだ、何も終わっちゃいない！　お前だって、本当は、こんなことを望んじゃいないんだろ！」

「望むとか、望まないではないのです。こうするより他、私は生きることができませんでした」

何という哀しい言葉だろう。

リカは、望んでこうなったわけではない。生まれた環境が、彼女を追い込んだのだ。

「まだ希望はある！」

「甘いですね……」

リカが、小さく首を振った。

「何？」

「あなたたちは、本当に甘い。私に良心の呵責があるとでも？　そんなものは、とうの昔に捨てました」

「だったら、何で山縣さんを殺さなかった？」

リカは、背後から山縣を撃っていながら、急所を外していたのだ。

それは、意図的なものに他ならない。

「必要がなかっただけです」

「嘘だ！　お前は、まだ迷っているはずだ！　だから今こうして、おれと話してるんだ！　違うか？」

真田の訴えに、リカは長いため息を吐いた。

「そういう誤解を生むのですね。では、終わりにしましょう」

リカの指が、起爆装置にかかる。

真田も、トリガーに指をかける。指先が震えた。

――次からは、ぼくが撃てと言ったら、迷わずトリガーを引くことだね。

黒野の言葉が、脳裡を過ぎる。そうだ。ここで撃たなければ、何千という死者が出る。

額を汗が伝う。

指に力を入れようとしたまさにそのとき、声がした。

――お願い！　撃たないで！

それは、紛れもなく志乃の声だった。

――分かってる。志乃。分かってるよ。だけど、このままだと、たくさんの人が死ぬんだ。

救いたい気持ちは、真田だって同じだ。でも、この状況では撃つより他に手がない。

初めて人を殺す――。

一生、背負い続けていかなければならない十字架だ。

それでも――。

「志乃。ゴメン……」

真田が、ぐっと歯を食いしばりトリガーを引こうとした瞬間、目の前に何かが立ちふさがった。

黒野だった――。

「黒野、お前……」

言い終わる前に、黒野は素速い動きで真田の手首を掴み、そのままアスファルトの上に投げ飛ばした。

それればかりか、真田が持っていた銃を奪ってしまった。

「お前、なぜこんなこと――」

真田が唸るように言うと、黒野がいつもと変わらぬ冷たい笑みを浮かべた。

――この土壇場で、黒野は裏切ったということか？

考えられないことではない。どんな事情があるにせよ、黒野はかつて、北朝鮮の工作員だった男だ。

「決まってるだろ。こうするためだ――」

黒野は、そう言うと振り返り様に、拳銃を発砲した。

立て続けに三発――。

しばらくの静寂のあと、リカがゆっくりと倒れた。

「なっ！」

「君には、彼女は撃てない。だから、ぼくが撃った……」

そう言った黒野は、自らの表情を隠すように俯いていた。

わずかに肩が震えているようにも見える。

「お前……」

真田の代わりに、リカを撃つことで、業を背負おうというのか？

そんなのは、納得できない。

「どういうつもりだ！」

真田は起き上がり、黒野に詰め寄る。

「騒がないでよ。彼女は死んではいないよ。山縣さんのときみたいに、急所を外しておいたからね」

黒野が、笑みを浮かべながらウィンクをしてみせる。

「何だって？」

改めて倒れているリカに目をやる。

リカの右の肩と手、それに脇腹（わきばら）に銃創があった。確かに急所を外している。それに、彼女が息をしているのが分かった。

真田は、黒野のことを、ほんの一瞬でも疑った自分を恥じた。

黒野は真田が想像している以上に、信頼のおける男だ。

「何をぼけっとしてんのさ。さっさと、押さえちゃおうよ。彼女には、訊きたいこともあるしね」

黒野が肩を竦（すく）めるようにして言った。

その通りだ。いつ起き上がって、再び起爆スイッチを押さないとも限らない。